T0286038

Malaventura

Malaventura

FERNANDO NAVARRO

IMPEDIMENTA

Primera edición en Impedimenta: marzo de 2022
Segunda edición: abril de 2022

http://www.impedimenta.es

Diseño de colección y coordinación editorial: Enrique Redel
Maquetación: Daniel Matías
Corrección: Laura M. Guardiola

ISBN: 978-84-18668-34-0
Depósito Legal: M-135-2022
IBIC: FA

Impresión: Kadmos
P. I. El Tormes. Río Ubierna 12-14. 37003 Salamanca

Impreso en España

Impreso en papel 100% procedente de bosques gestionados de acuerdo con criterios
de sostenibilidad.

Cuando canto, me sabe la boca a sangre.

Tía Añica la Piriñaca

Yace el cuerpo
de un hombre enamorado

Lo que me despertó por la noche no fueron sus gritos. Era raro que Dieguico el Morato levantara la voz. De hecho, algunos no recuerdan cómo era. Grave como si hablara dentro de una campana. Aguda como un aullido. Nada. Imposible. Yo sé muchas cosas de él. Sé que tenía la voz cascada, como de viejo, aunque era un hombre joven. Sé que era una voz que daba miedo. Sé que usaba palabras raras y rebuscadas, palabras antiguas. Y que como nadie había cogido un libro en este pueblo, no podían entenderlas.

No hacía falta que escuchasen su voz.

Si Dieguico el Morato quería algo solo tenía que pedirlo una vez. Nadie estaba tan loco o era tan valiente como para hacerle repetir las cosas. Por eso nadie recuerda su voz.

Era delgado, eso sí lo recuerdan todos. Tenía los ojos negros. Oscuros y profundos. Daban miedo. Le salían dos patillas negras de debajo del sombrero de fieltro que siempre llevaba puesto.

Si alguien lo miraba de cerca podía fijarse en los dientes verdosos. En los labios grandes, un poco cuarteados. Y en una cicatriz que sobresalía un poco por debajo de una de las orejas, como si alguien hubiera intentado rajarle el cuello.

La piel estaba acostumbrada a la solina y al frío y era de un color casi amarillo por culpa del vino que tomaba. Su sudor olía a meaos. Nadie sabe cuándo empezó a beber vino. Se contaba que lo hacía desde que era zagalico. Aprendió a beber antes que a gatear. Qué exagerá es la gente en este sitio.

Tampoco nadie sabe cuándo le cambió la cara. Porque Dieguico el Morato había sido guapo como el demonio y ahora era más bien feo. Feo y grande y sucio.

Todo el mundo sabía que iba a pasar lo que acabó pasando. Nadie pareció sorprendido y nadie volvió a hablar de eso, excepto cuando venía gente de fuera a preguntar. Cotillas, que es lo único que viene a este pueblo después de aquello.

Dieguico el Morato bajaba de su casa, en las cuevas del monte, de vez en cuando. Se paseaba por la calle mirando de reojo, maldiciendo y jurando con esa manera de hablar tan rarica que tenía. Las manos bien sujetas a dos pistolones amarrados al cinto que, decían, le había robado a un soldado medio muerto de sed que se encontró en el desierto.

Como mi padre me había sacado del colegio y yo me escaqueaba del trabajo en los bancales, me ponía a seguirlo cuando venía al pueblo. A veces durante todo el día. Era lo único que hacía. Sin que se diera cuenta. Yo era pequeñico y escurridizo entonces y podía esconderme en cualquier sitio. Me escondía tan bien que ganaba a mis primicos jugando al escondite. La mayoría de las veces acababan cansados de buscarme y se olvidaban de mí. Cuando yo volvía ya estaban a otra cosa o incluso liando sus primeros cigarros. Yo también era rápido, podía correr mucho y dejarlos a todos atrás. Y mi padre decía que tenía una cara tan normal que nadie se acordaba si me había visto o me había saludado. Aún hoy me pasa eso.

Así que es posible que Dieguico el Morato sí que me viera seguirlo por las calles, pero que pensara, como decía mi padre, que era un niño distinto en cada ocasión. Solo una vez me puso la mano en el pelo, lo revolvió un poco con una sonrisa, me llamó rubio y siguió su camino.

Iba siempre vestido de blanco, con un traje que perteneció a su padre: un gran hombre, buen aficionao al cante jondo, poeta y bohemio y que había dejado un montón de hijos y un montón de deudas. En el pueblo no vivía ninguno de sus hermanos. El Morato era el único que había llevado la mala vida de los caminos. Los demás o habían muerto de zagales o se habían ido a trabajar a Málaga e incluso a Barcelona.

Así iba el Morato: vestido de blanco y con su sombrero de fieltro. Serio y tosiendo las últimas veces. Con alguna mancha morá oscura en el traje blanco. Sin saludar y con los dos pistolones en el cinturón.

Yo lo seguía desde que llegaba al pueblo. Me escondía bien cuando iba a hablar con las fulanas de la Petro, que lo conocían mucho y le daban cariño. Me escondía cuando se subía con alguna de ellas al campanario a cambio de un par de gallinas que le traía al cura. Siempre me he preguntado qué haría el cura con tanta gallina.

El Morato recorría primero los tenderetes del mercado en medio de la rambla. Luego los bares. En algunos se le veía contento y cantaba. Fandangos, farrucas, tarantos. En otros había peleas. Compraba tabaco, cañaduz y balas. Los días buenos bebía jumilla. Los malos, mistela y palomicas de anís. Comía cualquier cosa frita en mucho aceite. Cuando pasaba de medianoche se le podía ver su sonrisa verde en las fondas. Mientras se hacía de día vomitaba el vinazo.

Y siempre, antes de perderse en los bares o desaparecer del pueblo camino de su cueva en el monte, cuando aún era de día, en silencio, iba a casa de la maestra que estaba en las afueras.

Dieguico el Morato se sentaba en el salón de la casa de la maestra. Y los dos se abrazaban al fuego cuando era invierno y al lado del granero cuando era verano. Os juro que nunca he visto a nadie abrazarse así.

Luego se daban besos. Él le acariciaba el pelo. A veces ella lloraba de alegría. Y se decían cosas que yo no conseguía oír.

* * *

Una noche él se quedó a dormir en lugar de irse por ahí de tascas.

Fue la misma noche en la que mi padre y mi madre me buscaron como unos locos por todo el pueblo, preocupaícos perdíos. Yo tendría ya trece o catorce años y sabía lo que hacían los hombres y las mujeres cuando estaban juntos en una cama. Lo sabía. Pero nunca lo había visto.

La maestra preparó un caldo con los restos del pollo. De vez en cuando sacaba el cucharón y lo probaba y se le escapaba un mmmm qué rico o a lo mejor echaba un puñao más de sal con un gesto de disgusto. El Morato había llegado muy cansado. Ella terminó de apañar el caldo y se acercó a él. Se lo bebieron en silencio. Comieron luego unas migas que ella había cocinado al mediodía, con su tocino, su grasa y su chorizo. Agotado, él se sentó en la mecedora, mirando el fuego, mientras ella recogía los restos de esa cena tan extraña. Dejó los platos en remojo.

Se quitaron la ropa.

Yo nunca había visto a una mujer desnuda. O medio desnuda, porque en cuanto ella se soltó el pelo, le cayó por delante de los pechos que apenas pude intuir. Los recuerdo como si fuera ayer mismo.

El cuerpo del hombre estaba lleno de heridas y magulladuras, de cicatrices y señales de golpes, de quemaduras. Dieguico el Morato la besaba. Ella sonreía.

Luego ella lo cogió de la mano y lo llevó hasta el dormitorio.

Di una vuelta completa a la casa. Y a través de los listones de madera cerrados, pude entrever algo. Poco.

En la cama se abrazaron primero y luego se enroscaron las piernas, como si fueran alacranes entre besos y susurros y gemidos. Aún me acuerdo de la expresión de paz en el rostro del Morato y del pelo largo de la maestra, tendido como si fuera una mujer ahogá en el río y tapándole el pecho.

Al rato, con la piel de las mejillas enrojecía, acalorao perdío, me fui.

Se ha contado muchas veces. De muchas maneras. Se ha exagerado. Y se han dicho muchos embustes. Tela de embustes y trolas se han contado. Hay una parte de lo que pasó que nunca pasó. Cosas que se dicen solo por hablar. La gente habla mucho, dice mi padre. La lengua siempre mejor dentro del paladar, grita como le gusta gritar, los dedos amarillos de liar tabaco cuando vuelve de los bancales. Manía de hablar por los codos y pa decir ná más que mierdas, repite mi padre y mi marecica le dice que le va a lavar la boca con jabón mientras se santigua como hacen todas las mujeres de este pueblo de mierda.

Entre lo que se cuenta: que los Guzmanes, hijos y nietos de Guzmán, eran tres. Dos rubiascos con mu mala uva y un zagalico rubicundo con pecas no mucho mayor que yo. En las últimas semanas se les veía por las ventas y las aldeas preguntando a unos y a otros. Venían del oeste los tres rubios montados en tres cimarrones marismeños de los que estaban bien orgullosos y a los que nadie podía acercarse sin que se ganara un coscorrón lo menos. Una paliza lo más. Se pasaron los rubios semanas preguntando en las fondas y en las eras por un cabrón del que no querían decir el nombre. Los Guzmanes ya habían montado gresca en su búsqueda del cabrón y la gente los veía aparecer y se los negaba entre dientes: qué querrán los cabrones estos sevillanos que buscan al cabrón. Eso era lo que escuchaba yo, agazapao debajo de la mesa de mi padre cuando venían algunos de los titos a largar lo que se decía afuera del pueblo. Sus castas los Guzmanes, se mordía mi padre la lengua antes de decir más. No vayan a tener orejas en las paredes, sus castas los Guzmanes, que van a buscar la ruina del pueblico este. Están muy lejos de su casa estos rubios para andar tan subidos. Un día tú verás. Y venga hablar de los Guzmanes, hijos y nietos de Guzmán.

Qué buscan.

Qué quieren.

A qué tanta bulla ahora estos Guzmanes aquí, se preguntaba la gente de los pueblos cercanos. Y por los caminos. Y en los bancales. Y en las fondas.

Y todos se hacían los tontos porque sabían lo que buscaban los Guzmanes. Y nadie quería relatarles ni mirarlos a los ojos y a veces hacían como que no estaban, porque estaba claro cómo iba a terminar tó.

Mal.

Que es como siempre terminan las cosas.

El Tío Guzmán era dueño de medio Ubrique. Tenía más parné del que uno podría ver en toda su puta vida. Tenía las mejores mulas de la zona, carros y cerdos; tierras todas las tierras que quisieras; tenía un montón de vacas y ternericos, cobras de yeguas que vendía para trillar, barricas de un vino con su nombre que le hacían en Sanlúcar, caballos de todas las razas, una mujer, ningún hermano vivo, una querida y tres zagales: dos rubios grandes a cuál más bruto y el pequeñajo rubicundo que era casi el peor de los tres por mu enano que fuera.

Todo esto pasó hace mucho tiempo. A veces los que lo narran son tan viejos que ya no saben si soñaron o imaginaron todas esas aventuras.

Y es que se contaba que el Morato antes de ser el Morato y esconderse en las cuevas y pasearse por el pueblo se había dejado la vida recorriendo esos caminos sevillanos tan lejos del desierto. Sacándoles los jurdeles a los que tuvieran la mala suerte de cruzarse con él.

Muchas veces me he imaginado la estampa. Un pañuelico que le tapaba media cara, el sombrero encalao tapando la otra media. Con la voz cascá de viejo aunque era joven: anda dame tó lo que tengas y asín no tiro de estas dos, señalando los pistolones. Y a correr sin mirar atrás cuando acababa la faena.

Era muy vivo y aprovechaba las vísperas y los caminos de las ferias de bestias. Los ganaderos menestrales, los tratantes y los artesanos, algunos labradores, iban con la bolsa llenetica pesetas para comprar o volvían con la bolsa llenetica pesetas de vender. Y ahí que se llevaba el Morato su buena tajá. Una vez, incluso cuentan que dejó limpio al recaudador de Morón, que venía de ponerse agustico de manzanilla y de chicharrones en una

feria y que, bueno, dejó de ser recaudador de Morón
despúes de ese día.

Al Morato lo acompañaba uno al que llamaban el Yiyo
Bazán. He escuchado que era un cordobés bajico y ma-
lencarao que tiraba de navaja con la facilidad con la que
ladran los perros. Se llamaban compare entre ellos. No les
gustaban los retratos ni que se les mentara. Compraban
las gacetas en las que salían las noticias de sus asaltos y sus
robos. No para leerlas, sino para prenderles fuego y ver
las cenizas volar en el frío de los campos. Algunas veces
se les veía contentos despúes de pegar los palos, ciegos de
vino y rodeados de mujeronas de los pueblos. Ay, la buena vida, pensaría Dieguico el Morato en aquellos años
tan lejanos y en los que no tenía amor pero sí parné.

Al Yiyo Bazán un cabo de la Guardia Civil le pegó
cuatro tiros por la espalda en una huida. Y ahí que se
murió el desgraciao: abierto por la espalda como una
gallineta a la brasa, sobre una encina. Bajo la solina sevillana y el aire ese molesto que se llena de mosquitos.

Fue el mismo cabo que, en una celda de Jerez, se encerró con el Morato esposado. El que le dejó de recuerdo
la cicatriz en el cuello y algunas de las quemaduras del
cuerpo. El mismo cabo al que el Morato perdonó la vida
cuando lo tuvo a tiro el día que huyó de allí para no
volver a ser atrapado nunca más. Lo contaba el civil años
despúes, borracho por las barras de las ventas, orgulloso:
el primero en marcar bien a ese hijoputa fui yo.

El Morato escapó de la celda abriendo un bujero en el
techo. Y a correr por los tejados, que si lo imagino ni me
lo creo. Igualico que un gato montés. Costaba creer que

fuera el mismo hombre vestido de blanco, silencioso y extraño que se perdía por las calles cerca de donde yo vivía y que se jartaba de mistela y anís noche sí noche también.

El Morato estuvo una época dando tumbos por América. A ser bueno, dicen que decía. Y al final lo de siempre. Ni bueno ni ná. Que si timando a unos gachós de la Argentina, que si regentando una fonda en Cuba, que si viviendo a costa de una cupletera venida a menos en Buenos Aires, que si llevando un puesto de chacinas en México. Se llegó a contar, aunque yo sé que era mentira, que había sido picaor de toros en Ancho de Lima y que lo había revoloneao un toro, y que por eso la dichosa cicatriz del cuello.

Al final de tanto trajín llegó de vuelta. Sin nada que hacer y otra vez pobre como lo son las pitas y los nopales.

Igualico que un árbol seco.

Al llegar de las Américas, el Morato se las había agenciado para vender paños y telas que traía de Gibraltar. La cosa ya no daba más de sí. ¿Quién se ha hecho rico de vivir vendiendo paños? Las mañanas después de la farra, mientras echaba todo el vinazo soplado durante la noche, se acababa acordando del Yiyo.

Acabó, está claro, volviendo a los caminos.

Fue en una vereda de la ruta que llevaba a la feria de Mairena del Alcor, que era la feria más importante que había entonces. Se escuchaba a lo lejos a un fulano tarareando contento unas sevillanas corraleras. La venta de las bestias se había dado bien, imaginó el Morato. Como todos los Guzmanes de esa rama, el Tío Guzmán era rubio con los ojos azules de gato. El pelo gris ya mezclado con el amarillo y el color de los ojos le daba el aspecto de un fantasma cansado. A pesar de la viruta que manejaba, se empeñaba en ir por los caminos a vender. Se fían de mí más que de nadie, le juraba a su mujer antes de coger la mula y el carro y tirar.

Ocurre así.

Es casi de noche.

El Morato saca los pistolones. El Tío Guzmán no levanta las manos. No va con él ese asalto. El Morato no quiere tiros. Ha perdido el gusto por la pólvora en América. Intenta de buenas maneras que el sevillano recule. El Guzmán nada. Como quien oye llover. Hay un forcejeo entre los dos. Feo. Incómodo. Guzmán es un señor mayor y el Morato ni busca líos ni quiere sangre. Al final un culatazo mal dado en la frente del viejo: una herida grande. El Tío Guzmán cae al suelo.

El Morato se mueve rápido.

En la faltriquera del Guzmán encuentra una sorpresa en forma de oro en onzas. Dicen que cincuenta kilos. Otros dicen que eran diez. Cómo lleva tanto peso el viejo en el cinto es algo que suena a trola. A lo mejor fueron solo tres o cuatro onzas. Tuvieron que ser pocas porque Dieguico el Morato nunca tuvo mucho de nada después de este palo. Y con diez onzas de oro hay para vivir toda una vida dice mi padre.

El Morato se gira. No le gusta ver al viejo tirado en el suelo. Se imagina que es su padre que en paz descanse o alguno de sus hermanos. Quiere ayudarlo a levantarse.

No lo hace, por prudencia: no se fía del viejo, que tiene cara de bicho rubio y que de joven ha sido un animal salvaje que ha hecho lo que ha querío y con quien ha querío.

Piensa el Morato rápido: vale, con este oro puedo tirar. No me hace falta. No coge el resto de las cosas. No busca más dinero. No le roba nada más. Se va de allí.

En la huida, larga, de semanas, de la que tanto se ha hablado, usa relevos de caballos. Hasta Antequera los tenía preparaos. No era tonto el Morato en aquellos años. Nunca lo fue.

No vuelve a los caminos jamás. Ni pisa más Sevilla. Es el último palo.

En qué hora, Morato.

Y es que resultó que el Guzmán además de viejo, rico y engurruñío era un avinagrao. Y al llegar de vuelta a Ubrique se encerró en su despacho. Cerró las contraventanas y dejó la estancia a oscuras. Ni comió ni durmió en tres días. No habló con nadie. Ni curarse la herida de la frente quiso. Otros dicen todo lo contrario: que maldijo y juró y mentó a los muertos del Morato a grito pelao durante esos tres días y que se pegó un festín con ternera y viandas traídas para eso.

Fuera como fuera, unos días después hizo llamar a una gitana que se llamaba la Galga Montoya.

La Galga era la mujer de uno de los barqueros salineros de la bahía. Se contaba que el Guzmán y la Montoya tenían más que palabras. En otros sitios dicen que era otra de sus queridas. Cuentan que era una vieja fea sin dientes con las orejas llenas de aros de plata y que no podía ser la querida de nadie.

So pena de excomunión, Guzmán le pidió rezos y favores. El maleficio empezó con una oración a santa Marta. Luego aquella que dice: Blas Blas Blas encomiéndate a Barrabás y no te detengas a mi mandato. Arrebujó en una mesa huesos secos de abubilla. Tierra de las cárceles cercanas. Cardos y retama. Pidió a Guzmán que saliera a la puerta de la calle con un pie descalzo en el umbral y el otro calzado.

La Galga Montoya puso los ojos en blanco.

Y expulsó de su garganta con un gargajo dos culebras negras que se fueron repartiendo por los caminos. El malfario se extendió por el campo. Y se vieron luces en el cielo cuando era muy de madrugada. Y pasaron los años.

El Morato vivía confiado en sus cuevas.

Y a lo mejor nunca pensó que alguien aguantase tantos años de mala hostia por un par de trozos de oro, pero así son los terratenientes, que no olvidan ni una sola de las mierdas que les haces, pues si lo sabrá mi padre que ha tenido que estar en los bancales de uno de estos doblando el lomo por una deuda de juego que no ha podido pagar ná más que con sudor y no con dinero.

A veces pienso en el Morato: ¿y si nunca hubiera conocido a la maestra? ¿Y si nunca hubiera bajado de las cuevas a pasearse por las calles como si nada? ¿Y si no le gustaran los besos de esa mujer tanto como le gustaban?

Llegó la noche feroz: el crimen.

La maestra no apareció por la escuela el lunes siguiente. Ni el martes. Dicen que cuando fueron a su casa al final de la semana encontraron unos libros de poesía tirados por el suelo, algunas páginas arrancadas. Los cazos en remojo, los restos de un caldo, un par de lebrillos con agua sucia. La cama hecha. Un par de limones podridos. Unas tijeras.

En la mesa y en el suelo y en la cama pelo cortao a jirones. Por toda la casa. En montones. Y al lado de la pila en la que se enjuagaba. Y en montoncitos en la tierra. Y bajo el marco de la puerta. Y entre las páginas de algunos poemas que había subrayado. Había tanto y en tantos montones que uno podía pensar que toda la melena que una vez le cubrió el pecho había desaparecido de su cabeza.

Nadie volvió a verla nunca más.

Lo que pasó: al asomarme desde mi ventana vi a Dieguico el Morato tirado en el suelo. Escupía sangre y un par de dientes se le habían caído, dejando un reguero de babas entre el cuello y la arena. Los Guzmanes le daban patadas con fuerza en el estómago, lo que hacía que tosiera aún con más violencia. El más zagal le dio una patada en la cabeza, dejándole la forma de la suela marcada en la cara y abriéndole pequeñas heridas en la cabeza.

Uno de los Guzmanes usaba un látigo, que blandía sobre la espalda del Morato. La camisa ya dejaba a la vista tiras de piel. Intentaba levantarse, pero las patadas lo obligaban a seguir tirado en el suelo. Sus pistolones estaban a unos pocos metros de él. Era incapaz de moverse un poco para cogerlos.

A pesar de los continuos golpes, que cada vez eran más fuertes, el Morato no perdía el conocimiento. Miraba a los hombres, como intentando recordar quiénes eran, pero un derrame en el ojo le había hecho perder la visión; y las lágrimas, cuando le rompieron la nariz, le inundaban el otro.

Como pudo se levantó, intentando mantener la dignidad. El labio, la nariz, la mejilla y el ojo empapados en sangre, otros dos dientes menos. Se tambaleó en pie. Iba a decir algo cuando al infeliz le pegaron un tiro en la cabeza, dejando al descubierto, tras la piel del cuero cabelludo abierto, la pulpa roja y algunos cabellos pegados al poste de madera de una de las casas.

El cuerpo se desplomó.

Quedó tendido en el suelo y no se movió más. Las moscas no tardaron en venir. Los pocos que estaban allí se fueron. Después de una llantina falsa, una niña feíca que conocía de cuando yo iba al colegio salió corriendo. Riéndose.

Antes de que empezara a pudrirse, el cura y el Guzmán del látigo enterraron su cuerpo debajo de una pita. Limpiaron un poco el polvo de la ropa. Le colocaron bien la camisa. No sé por qué se molestaron en eso.

A veces paso por esa pita y quiero ver debajo de la tierra para comprobar cómo se pudre el cuerpo de un hombre.

Yo me quedé dormido enseguida. Soñé con algo que no tenía nada que ver con Dieguico el Morato. Al día siguiente, como hacía todos los domingos después de ir a misa, me fui a cazar liebres.

Mi hijo llevará
el nombre de mi padre

Estuve colgado de aquella cuerda siete días y medio. Iba más o menos sumando los días gracias a las noches, que era cuando el frío me helaba los huevos y estaba más espabilado, más consciente.

Sé que se me helaron los huevos siete veces, lo que hacía unos siete días. En esos siete días, además de que se me helaran los huevos, el sol me calentaba la cabecica tanto que me hacía pensar ná más que tontás. Dudé de mi nombre, y lo cambié varias veces. Me puse nombres vascos y catalanes, nombres de payos y de gabachos. Nombres como el del dueño de las bodegas, el del tío que vendía higochumbos, o el del primo del primo al que le quité las pistolas. Nombres largos y pomposos como los de los madrileños, que son las únicas personas que conozco tan idiotas como para estar contentas de tener un rey. ¿Quién necesita a un rey?

En esos siete días también intenté recordar mi aspecto, reconstruirlo. ¿Cómo era yo? ¿Quién era? ¿Había nacido yo en aquel árbol? ¿Igualico que una fruta? Mi único referente era una sombra amorfa y oscura que se formaba a mis pies; la sombra que mi cuerpecico, colgado de aquel olivo, proyectaba contra la arena amarilla, sucia y llena de babas y sangre ya reseca.

Quise tener la nariz aguileña y bigote. Luego pensé en tener el pelo con rizos rubios, como un tratante de ganao de Ubrique al que frecuenté hace años. Los ojos azules, la piel bien tostaíca por el sol. Los dientes blanquísimos. Una cicatriz de esas que cruzan el rostro y acojonan a todo el mundo. Puede que varias. Pensé en ser más alto de lo que soy y mirar al mundo desde arriba. O bajico y rechoncho y que nadie reparara en mí. Pensé en ser aún más moreno, un gitano de los que cantan en las ventas o un enterraor, que como todo el mundo sabe son los hombres que más años viven y los que se follan a las mujeres más guapas.

Luego pensé que vivir tantos años no era algo bueno. A más años más pena, es asín.

Reconstruí a la persona que soy tantas veces que, cuando aquel cuervo se posó justo encima de mi cabeza para comerme, no le di importancia y empecé casi a reírme, deseando que no tardara mucho en hacerlo. No es que tuviera miedo al dolor. Qué va. Solo que no quería imaginar más nombres ni más caras. Qué jartura.

El cuervo proyectaba sobre la tierra una sombra más negra aún que la mía y, por alguna razón, en lugar de empezar por mis ojos, bajó de la cabeza a mis hombros, posó sus garras bien apretaícas contra el hombro y decidió primero picotearme el cuello. Recibí unos cuantos picotazos secos que me hicieron gritar de dolor. Me sorprendió que me quedara voz para hacerlo. Los picotazos eran iguales que agujas pequeñas entrando y saliendo de mi piel. Sin parar. Arrancando trocitos de carne. Levantando gotas de sangre a cada pellizco. Uno, dos, tres, cuatro. Cinco. Pájaro de los cojones, termina ya.

Entonces el dolor se detuvo: de golpe. Ya no notaba su pico en mi piel. En su lugar escuché un sonido. Un rasguño áspero. Algo pesado que se volvía ligero. Sentía sus garras en el hombro. El pajarraco seguía ahí arriba. Moviéndose. ¿Qué estaba haciendo? Mi cuerpo se agitó un poco. Se tambaleó. Al principio suave. El tonto del cuervo había confundido la carne con la guita que sujetaba mi cuello al árbol. Y ahí estaba: mordiendo, picando la soga hecha de pita en lugar de mi piel tostaíca por el sol. No pareció importarle no comerme, no morder carne, y ahí seguía el pájaro negro picando y mordiendo y picando pita vieja, sucia. Y de tanto piquipiquipiqui, la cuerda antes firme, crac, se rompió.

Me di contra la arena fina, encima de mis babas y de mi sangre seca.

Estaba libre.

Perdí la paciencia, la poca bondad que me quedaba en los huesos y un diente en esa caída. Gané una cicatriz que me cruzaba tó el cuello. Una de esas que acojonan a todo el mundo y que parecía un colgante granate como los que llevan algunas gachís perfumadas de Graná o de Murcia. Una vez casi le echo el guante a una de esas, me cago en mis castas.

Me incorporé.

El cuervo estaba allí, quieto. Sonriéndome. Quizá preguntándose cuál de tós esos hombres inventados era yo. Cuál era mi nombre real. De dónde venía. Quienes habían sido mis pares. El color del pelo de mis abuelos. De dónde venía mi apellido. Le devolví la sonrisa al cuervo salvador y eché a andar.

Llevé la punta de la lengua al hueco que había dejado el diente caído. Lo palpé un instante mientras caminaba. Pensando que quizá Dios en persona me había mandado aquel pajarraco para que cortara la cuerda. O quizá tan solo era suerte, como la que tuvo el que inventó y patentó el revólver, y que ahora seguro que nadaba en dinerico y en muslos. Las dos ideas, Dios y la suerte, me aterraron por igual.

Lo que no me aterró fue recordar, con claridad, el nombre y la dirección del hombre que me mandó ahorcar. El hombre al que iba a matar en cuanto atravesara la puerta de su cortijo, recién enjabelgá por los zagales del pueblo como si fuera un juego de esos de domingo por la mañana.

A mi paso, el color del cielo se volvía amarillento. Como si fuera el reflejo de la tierra seca del desierto. Había algunos olivos retorcíos como el que me había dado a luz hacía siete días.

Olivos que parecían moverse, vibrar como vibraban algunas mujeres que conocí antes de tener una cicatriz en el cuello en forma de collar granate; olivos que gritaban de dolor, levantaban los brazos pidiendo ayuda; que sabían, como el cuervo, mi verdadero nombre y lo gritaban aunque nadie pudiera oírlo. Los dejé atrás. Había zarzas y matorrales. Pitas repartías de mala manera. Retales de cebada mustia. Pensé en echarme debajo de una higuera con el vientre encharcado de sangre.

Me crucé con un alacrán que al verme se detuvo, el muy cabrón. Levantó un poco su aguijón y lo mantuvo erguido un instante, como si esperara que yo me agachase y bebiese un poco de su veneno. No lo hice.

Las pitas del camino se iban apartando conforme yo pasaba; las escuchaba hablar, cuchichear como las mujeres en misa. Ellas sabían lo que iba a pasar, como lo sabían la cebada y el trigo, los lagartos y las nubes. Eran pocas, sin forma, hechas trizas, como los sesos desparramados de alguien a quien le hubieran volao la cabeza. No sé si aquella caminata duró siete días más o solo unas pocas horas.

Alguien me contó una vez que los indios o los gitanos colocan una moneda de plata en los párpados de sus muertos para que el viaje de vuelta a donde sea que viajen se emprenda en calma, seguro, tranquilo. Y para que los dejen entrar en el cielo. Yo no tengo ni idea de esas cosas. Me suenan a historias de indios, de supersticiosos o de gitanos. Del más allá yo solo sé lo que vi en los ojos del cartagenero cuando entré en su cortijo, que olía a geranios. El cielo y el infierno son lo mismo: un sitio negro del que no se regresa.

El hombre tembló nada más verme al otro lado de la puerta. Primero le disparé en la pierna derecha. Cayó al suelo, dándose un golpe con el mueble de la entrada y haciéndose daño en las costillas. Casi pude oírlas crujir. La pierna sangraba mucho y se podía ver un poco de hueso amarillo y rojo a través del pantalón. Aunque estaba en el suelo, se arrastró para intentar defenderse.

Entonces le disparé en la mano, destrozándole varios dedos, que saltaron en pedazos, como quien rompe un tarro lleno de bichicos. Mancharon las paredes de la casa.

Luego dos veces más en el estómago. Aunque me quedaban dos balas, guardé la pistola.

Nos envolvió el silencio que siempre sigue a una carnicería. Cerré la puerta de la casa para tener más intimidad y me quedé allí. De pie ante él. Mirándolo. Los ojos clavaos. Fijos en él. Las tripas saliéndole por debajo de la camisa y empapando el suelo. Gritando de dolor.

Pensé que debía tener mucho miedo. Además de la piel quemada y abierta y de la casquería derramá por la barriga, notaría el frío en las piernas y en los brazos. Un frío que iría comiéndole el cuerpo poco a poco hasta dejarlo tieso. Él, que era médico, y de los buenos, sabía ya cuánto tiempo le quedaba de dolor y cuánto antes de dejar de respirar del todo. Sabía que no había escapatoria.

Nunca más vería a su mujer, a la que él no amaba y yo sí. Tampoco vería a la hija del de la tasca, la gitanica esa de la que en realidad estaba enamoriscao y con la que se veía a escondidas. Ni mi rostro, lleno de ira, o ya más calmado gracias a su dolor y a su agonía. No volvería a ver mi cara grande y herida, que no quise que el espejo me devolviera. Jamás perderé esa cicatriz en el cuello que, si consigo llegar a viejo, puede que las arrugas logren disimular.

Al alejarme de nuevo del pueblo, pasé junto a mi olivo materno.

Pasé la mano por la corteza vieja, como se acaricia a un caballo que se ha cabalgado desde niño. Aquellas manchas oscuras de sangre o saliva podrían ser o no ser mías. En aquellos arboluchos se ahorcaba a gente con mucha frecuencia. Podían ser de cualquier otro infeliz. Uno que no hubiera tenido la misma suerte que yo.

La mujer del cartagenero lo encontró tres o cuatro horas después de que muriera. Hubo la llantina de siempre, mujeres enlutás y todo eso. Los hombres buscaron al asesino durante varios días. No dieron con él. Menos de un mes después, un médico nuevo llegó al pueblo. Costó quitar la sangre del suelo de mosaico, como si lo hubiera traspasado del todo y hubiera que levantarlo entero. Trabajaron varias de sus hermanas y primas en ello.

Las fotos del médico servirán para recordarlo. Nunca tuvo hijos. Yo tendré uno, creo, al que le pondré el mismo nombre que mi padre. Le regalaré, igual que hizo mi padre al morir, la pistola, dos facas y dos borricos. Mi vida y la vida del médico serán, al final, iguales.

La mía solo un poco más larga.

Fui piedra

Al llegar el viernes ya estábamos de acuerdo todos los zagales del pueblo. Lo que es igual que decir que siete zagales estábamos de acuerdo. Solo quedábamos siete. Después del incendio de la escuela en el que murieron todos los demás, en Almería empezaron a llamar a nuestro pueblo Jamelín. Como ese cuento en el que un flautista se había llevado a todos los zagalicos y a todas las ratas. Ahora solo quedábamos siete. Y alguna que otra rata.

Los siete teníamos edades distintas. Algunos leían fatal. Unos sumaban mucho mejor que otros. Nuestros dos maestros, que eran un maestro y una maestra, también habían quedado atrapados en el fuego. Y los otros dos se habían largado al día siguiente, asustados o locos perdíos. Para no volver nunca. Que le den a Jamelín bien dao, pensarían. Que ese sitio está maldito.

Así que nos trajeron a una señorita muy repipi que acababa de llegar de Vera y que llevaba unas gafas muy raras y que como acababa de llegar de Vera aún no podía recordar nuestros nombres. Y eso que solo éramos siete. No era muy buena maestra y se notaba que estaba allí obligá por el parné o por algún jefe.

Como la escuela era un montón de ceniza, la de Vera nos reunía a los siete en la iglesia. Más o menos para hablar entre nosotros, leer algún poemilla, hablarnos de la gloriosa historia de España y no perder la costumbre de hacer cuentas, que yo sé y todos sabemos que no sirven para nada, y la maestra dice que las hacemos para ayudar a nuestros padres en casa o en el ultramarinos. Eso era todo lo que esperaban de nosotros después del incendio.

Así que llegó el viernes y después de mucho hablarlo y de mandarnos noticias de papel por los bancos fríos de la iglesia lo decidimos. Tenía que ser esta misma noche. No podía ser otra. Hala.

Los siete iríamos al cementerio coincidiendo con las doce campanadas.

El verano se había acabado hacía un par de meses y empezaba a hacer frío. Habíamos escogido esa noche porque iba a haber una luna de esas bien grandecicas en el cielo. No podíamos llevar candiles ni linternas porque nuestros padres se escamarían y necesitábamos la luz de la luna para ver las tumbas y para no asustarnos mucho. El camino era amplio, al lado de una comarcal por la que no pasaba nunca nadie. Me gustaba tocar la escarcha que se formaba sobre las flores y las plantas que había por allí. El cementerio olía todavía a tierra mojada y a lejía. Algún viejo habría estado limpiando la tumba de otro viejo un rato antes.

Al ver las primeras tumbas no dejaba de pensar en que gracias a un catarro no había ido a clase aquel día del incendio y que eso me había salvado la vida. En que ser feíco, blancucho, siempre con mocos y piojos, enano y tímido a lo mejor no iba a estar tan mal. Lo de feo y enano me lo decían siempre mis compañeros. Me lo gritaban tanto que me había acostumbrado y no me molestaba. Mi madre me llamaba guapo pero mi padre no podía disimular y a veces me decía que era más feíco que una mula. Creo que cuando era un bebé a la gente sí le gustaba y decían que era mu bonico. Era blancucho como mi padre y mi abuela. Si tomaba mucho el sol podía quemarme como se quemaron los niños del incendio.

Los mocos y los piojos los tenía porque, pasara lo que pasara, yo siempre estaba jugando en el establo con los burricos y los cerdos y las gallinas. Eran unos animales muy simpáticos y había decidido que eran los únicos amigos que iba a tener. Eran graciosos, me entendían cuando hablaba y nunca se cansaban. Y tímido es una palabra que había aprendido esa semana y que quería decir precisamente eso: tímido. O sea que no me gustaba hablar con nadie y no me importaba que a nadie le gustara hablar conmigo. Aunque a veces llorara.

A mí me gustaba el establo. Y ya puestos me gustaban mis mocos y mis piojos.

* * *

Íbamos los siete bien agarraícos de la mano. Caminando entre las lápidas, los pocos panteones, los nichos. Apretándonos con fuerza por culpa del frío. A mí me rechinaban los dientes, aunque nadie se dio cuenta. Habían abierto un ultramarinos nuevo y la hija de la dueña, que era de Guadix y se llamaba Victoria, desfilaba solo dos niños por detrás de mí. Tenía un nombre bonito y todo el mundo decía que su abuelo había sido un bandolero famoso que asaltaba las carrozas por los caminos del monte, pero que nunca había matado a nadie. También decían que fue su abuelo el que le puso ese nombre a su hija, el nombre que ahora llevaba su nieta.

Era morenica, tenía el pelo muy rizado y unos ojos tan grandes que podían iluminar todas aquellas tumbas sin problema. Incluso el pueblo, aunque quedara tan alejao. Victoria había escapado del incendio de la escuela corriendo mucho y sin mirar atrás. Era muy espabilaíca y valiente, tanto que le dio tiempo a sacar del fuego a Miguelillo, un zagal más pequeño que venía también con nosotros y que había perdido a su hermanica en el incendio. Desde entonces no se separaba de Victoria y siempre estaba hermanica Victoria esto hermanica Victoria lo otro. Pensando o más bien queriendo que aquella niña de pelo rizado fuera en realidad su hermana.

Es aquí, dijo el que siempre se hacía el jefecillo y que no era tímido ni bajito ni blancucho. El día del incendio no había ido a la escuela porque sus padres se lo habían llevado a un concurso de no sé qué en Graná. No valoraba la suerte que había tenido y seguía siendo un capullo y haciéndose el jefecillo. Se supone que no puedo decir que es un capullo y que el practicante y el otro médico y el cura y la de Vera dicen que los siete tenemos que llevarnos bien y ser amigos después de lo que ha pasado pero yo nunca seré amigo del jefecillo. Y si fuera más fuerte me pelearía a puñetazos con él.

Es aquí, dijo.

Y aunque he dicho que no llevábamos candil, el jefecillo sí que llevaba una lámpara de gas verde y gastá. Daba una luz naranja muy fea y proyectaba nuestras sombras sobre los nichos como si fuéramos espíritus y, bueno, he dicho que no llevábamos candil porque no quería darle tanta importancia al jefecillo y no parezca tan jefe y porque se me había olvidado y porque la verdad es que me pregunto cómo sacó el jefecillo la lámpara de la casa de su padre, que era militar y tenía mu malas pulgas y le daba unas palizas de muerte que venía con el culo molío a palos.

Es aquí, dijo.

Era el nicho más reciente. Se notaba por el cemento gris feo. Estaba a la altura de los pies. Cubierto de moho negro y algo de verdín. Habíamos ido todos a ver lo mismo y hablarle y rezarle.

La tumba del Patricio.

La gente del pueblo hablaba a veces de ello. El Patricio era el niño más raro de la escuela. Era mu delgaíco. Tenía unas ojeras grandes, de un morao mu oscuro, marcas y heridas extrañas en los brazos y aún más piojos que yo. Desprendía un tufo que no era malo: era fuerte. Un olor como a hierbas de las del monte, mejorana, lengua de vaca, romero. Como si él fuera una hierbecilla silvestre más. Agitada un poco por el viento de las cuevas y el desierto. El pobretico siempre estaba tosiendo, cof, cof. A veces caminaba arrastrando un palo o una rama. Daba golpecitos a todas las cosas con ese palo el Patricio. No se sabía nada de él. Solo que se llamaba Patricio. No hablaba mucho y sus notas no eran ni buenas ni malas.

Murió de hambre un par de días antes del incendio. Pobre esmallaíco. En una cueva de las de arriba. Cuando lo encontraron, tieso y frío, estaba solo. Había encendido una hoguera que se había extinguido pronto. El aire estaba lleno de moscas. Un gato maullaba entre los restos del fuego, rondando el cuerpo con los miaumiaus. Entonces todo el mundo cayó en la cuenta de que no sabían quiénes eran sus padres ni cuál era su apellido. Siempre se le había visto solo de un lado a otro. Con el palo parriba y pabajo y esa peste suya a hierbajos.

Era eso, el Patricio.

Yo me fijaba en él cuando venía a clase. Parecía simpático aunque es verdad que daba mucha grima acercarse a él, no sé si sabéis a lo que me refiero. A veces venía con el pecho al aire. Otras veces con unos calzones sucios. Hablamos solo dos veces o por lo menos yo solo recuerdo dos veces. Una vez hablamos sobre lobos y lo que comen los lobos. El Patricio decía que un lobo podía correr más que cualquier caballo. Yo no sabía qué decirle. No había visto nunca un lobo. Mi padre no había matado a ninguno. La otra vez hablamos sobre sumas y restas. A mí me costaba hacer esas cuentas y él intentó explicármelas de una manera fácil para que las pudiera entender, ayudándome a usar los dedos y unas canicas.

Creo que no le di las gracias, pero me ayudó mucho ese truco de las canicas.

Decían muchas cosas del Patricio. Cosas raras. Leyendas y relatos. Que era en realidad hijo del cura, que su madre había sido violada por un oso y se había quedado preñá, que por las noches se le veía rebuscando comida por las casas o mordisqueando animales muertos. Eran tonterías. Todo el mundo sabe que aquí no hay osos. También se decía que lo del incendio de la escuela era culpa suya. Que le había echado un malfario a un profesor de la escuela que estando a solas le pegó o le hizo no sé qué. Aunque, como ya os he dicho, el Patricio estaba muerto cuando la escuela ardió. Y nadie puede echarle malfario a un montón de niños y hacer que arda una escuela cuando ya está muerto, ¿verdad?

El jefecillo hizo una hoguera. Apartao de la vista de los curiosos que pudieran asustarse al ver el fuego y las luces y las sombras de siete niños en el cementerio. Lo que le faltaba al pueblo. Entre la luna y el candil y la hoguerilla, la luz era medio azul medio naranja y aunque hacía frío, el fuego y los abrigos nos calentaban.

Cada uno había cogido algo de su casa. Para llevarle al Patricio. La idea había sido de Victoria, que decía que con los muertos había que estar siempre en paz. No sé de dónde sacaba esas ideas pero muchas veces decía esas cosas como de mayores. Seguro que eran cosas de su madre la del ultramarinos o de su padre que nunca estaba en casa pero que cuando venía traía muchos regalos. Aunque es verdad que Victoria era buena en clase y sabía leer mejor que nadie y que a veces recitaba poesías y no solo de memoria también inventadas.

Al Patricio le llevamos cañaduz y unos chumbos cortaos abiertos de par en par que alguien dijo que se los iban a acabar comiendo los zorros, y unos pocos caramelos que casi nunca teníamos y no íbamos a traerlos para el Patricio que ya le daba igual y nos lo comimos nosotros, y Victoria le puso un libro rojo en el que salía un niño montao en un caballo con alas, y luego el jefecillo y uno más mayor que el jefecillo pero menos jefe le pusieron unos muñecos así del oeste que eran un indio con plumas y un soldado con un lazo al que le faltaba la mano, y Miguelillo no le llevó nada porque no tenía nada que llevarle, pero Victoria dijo que el libro era de parte de los dos.

Yo le llevé un lagarto.

Y un atao de hierbas que había recogido del monte y que eran las que más me recordaban a como olía él.

Todos se rieron de mí por esos regalos y decían que el Patricio iba a enfadarse conmigo por eso. Yo no les hice caso porque algunos no habían hablado nunca con él y yo había hablado dos veces. Que pudiera recordar.

Después de dejar los regalos estábamos nerviosos. No sabíamos qué más hacer. No queríamos irnos a casa aunque hiciera frío. El que era más mayor que el jefecillo pero menos jefe que el jefecillo empezó a contar historias de miedo. Cuentecicos de fantasmas, del Bute y la

Santa Compaña; de muertos que salían de las tumbas, o gitanos que se aparecían en mitad del desierto para arrancarte el pelo y sacarte los ojos; de un hombre que mordía en el cuello a las mujeres y, mi favorita, una sobre la visita que le hace el demonio a un cantaor al que le había comprado el alma a cambio de que todo el mundo escuchara sus soleares y bulerías.

Victoria se asustaba y el jefecillo decía cosas cada vez más feas y de más miedo para impresionarla.

Yo no les hacía caso. No habíamos venido al cementerio para esto de las historias. Dieron las doce. Yo solo quería mirar el nicho ese feo del Patricio. Pedirle que deshiciera el malfario. Preguntarle: Patricio, qué le hiciste al pueblo.

Me quedaba embobao mirando el fuego, las formas que se podían adivinar en las llamas azules y naranjas, el sonido que hacía la madera, como un crac que me gustaba oír de vez en cuando. Miraba a Victoria sin que ella se diera cuenta de que la miraba. Y cuando a veces sus ojos se cruzaban con los míos apartaba la vista y agachaba la cabeza, metiendo un palo en el fuego para disimular.

Había pasado un rato de la medianoche. Siguieron un poco más con los cuentos y a mí no se me ocurrió ninguno. Nunca he tenido imaginación. Pero los que llegué a escuchar no me dieron ningún miedo.

Lo que sí que me dio miedo, y aún hoy me da al acordarme, fue leer aquel nombre sin apellido, mal tallado sobre una crucecica de madera fea y sucia. Mucho más miedo que las historias de terror me dio pensar que era algo (aquel nombre, pero también aquella persona con la que yo había hablado algunas veces de lobos, de lagartos o de canicas) que ya no existía.

Y que nunca más volvería a existir.

Mi voz, dentro de mi cabeza, no me sonaba tan chillona como cuando hablaba en clase.

Me quedé pensando, escuchándola, repitiendo el nombre escrito en la madera.

Patricio.

Patricio.

Patricio.

Volvimos a casa sin hablar.

Cansados y con hambre. Aunque es verdad que siempre teníamos hambre.

Yo iba un poco por detrás. El último de la fila. El candil del jefecillo apagao. Yo no dejaba de mirar los rizos de Victoria a la lucecica esa de la luna, y miraba cómo le apretaba la mano al Miguelillo y me daba envidia del pobrecico que perdió a su hermana y ojalá un día ella me apretara la mano a mí así.

Me daba la vuelta. Porque he dicho que yo era el último de la fila pero no era verdad. Yo sabía y no se lo dije a nadie que en realidad el que cerraba la fila era el Patricio. Que iba por el camino para despedirnos y darnos las gracias por llevarle cosas. Y no lo veíamos pero ahí estaba.

Muchos zagales habían muerto en aquel incendio y algunos morirían después. Zagales que ya no existían. Que no vivirían más. Que no volverían a comer, a jugar, a ir al colegio o a tener malas notas. Que no crecerían. Sabía que por las noches, los padres y las madres de esos zagalicos pobres se despertaban con pesadillas, empapaos en sudor y gritando de terror.

También sabía que todo el mundo decía que llovía aún menos que otros años sin motivo y que ni la cebada ya se podía cultivar porque la tierra estaba podrida. Ni una gotica de ná pa los campos, naíca pa los cereales, se lamentaban los viejos y los de los cortijos y los hombres arrugaos de los alijares. No es que en este pueblo llueva mucho o se cultiven demasiadas cosas y por eso no sé a qué tanto lamento.

Al llegar a casa me colé por la ventana y me acosté como si nada. Me costó dormirme. No dejaba de pensar en el Patricio. Por un momento se me ocurrió la tontá de que quizá sí que podría ser el culpable de todo lo que estaba pasando en el pueblo. Los zagales, la falta de lluvia. Las desgracias que seguían pasando, como esa maestra de Vera que no se sabía nuestros nombres y que cuando hablaba por teléfono con un mozo que había dejado en Almería capital se echaba a llorar y tenía pesadillas con los zagales muertos de Jamelín.

Mi Jamelín.

Quizá era una tontería pensar eso.

Pensé que hay algunos zagales que tienen mu mala suerte y se mueren de hambre en una cueva, rodeados de moscas; que pueden ser hijos de un cura o de un oso; otros tienen solo mala suerte y mueren en un incendio que acaba con la alegría de un pueblo.

Y luego hay zagalicos feos y blancuchos, siempre con mocos y piojos, enanos y tímidos que al final del día se vuelven a casa y se acuestan en la cama, y sus madres vienen y los tapan después de cenar gachas tortas y sin que se enteren de que nos hemos escapado al cementerio.

Niños con tanta suerte que esa noche se llevan para sí, sin que se entere nadie, el nombre de una zagala para repetir en la cabeza una y otra y otra vez.

Victoria.

Victoria.

Victoria.

DEL MISMITO COLOR
QUE EL VINO

Solía llevar los labios de un rojo muy intenso. Pasara lo que pasara. Incluso en el funeral de sus ricos padres no se olvidó del rojo de los labios. Dejaba marcas de ese color rojo por cada vaso en el que bebía, por cada cubierto que usaba. Cuando se acercaba a saludar a alguien siempre marcaba a esa persona con un rastro de carmín sobre la ropa o en la piel: como una herida. En contraste con el rojo de sus labios, su piel era pálida, del blanco más puro. No como el de la nieve sino como el del mármol de las lápidas y tumbas de la gente de parné.

Su cuello, fino y alargado, estaba surcado de lunares que trepaban hasta el rostro, igual que una caravana de hormigas. Uno estaba como escondido, al resguardo, tras la oreja izquierda. Ella no lo sabía, pero yo había reparado en ese lunar el mismo día que la conocí. Las manos eran delicadas y acababan en unos dedos finísimos que por alguna razón yo siempre imaginaba encendiendo velas sobre candelabros. Esa luz mortecina, más propia de los salones que hay en ciertos caserones de Granada o de Sevilla que de las casuchas de pueblos como el mío, era perfecta para el brillo oscuro de sus ojos, para su mirada, que era tierna y amable como la de una niña y que al igual que la de una niña podía asustar, producir un miedo que no puedo explicar del todo.

Todo eso que he contado era verdad de ella. Como también es verdad que le metí un cuchillo en el cuerpo y la rajé entera. De eso hace ya algunas semanas. Ahora, mientras me alejo en un tren que me lleva hacia el norte, solo me acuerdo de una cosa.

Nunca fui un niño bueno. Aunque casi no fui un niño ni tampoco viví como un niño ni reí como un niño o jugué como juegan los niños más que los años justo antes de desarrollar y dejar salir a la calle lo que fuera que me habitara por dentro. Esa cosa turbia. Pronto, muy pronto, sentí la necesidad de enredar. De fastidiarlo todo. De convertir lo poco de niño que me quedaba en el cuerpo en el rastro lejano de un espectro. De verlo arder y caminar sobre sus cenizas. Recordar los pocos años de niñez e inocencia que tuve como si fueran el rastro que deja en los recuerdos un sueño bonito. Bueno, no os engaño: yo no tengo de esos sueños. Ni siquiera cuando duermo arropao por varios pellejos de aguardiente que me he metido entre pecho y espalda la noche anterior y al calor de los muslos de alguna.

No he sido un buen hombre: por qué serlo. Aunque he sabido parecer un buen hombre. Una sonrisa siempre falsa, fingida. Un gesto amable en el momento preciso. Una buena sarta de mentiras que llegan a parecer verdades. El telón de terciopelo bajo el que ocultar lo que uno es en el fondo y no sabe no ser y quizá incluso quiere ser más que cualquier otra cosa.

Un forajido, un ladrón. Un estafador. De viudas que son fáciles. De princesitas de cortijo con dote que son guapas. De viejos de campo porque están sordos y ciegos y son viejos. De ricos porque son ricos. Un hombre sin nombre porque ha cambiado muchas veces de nombre. Una persona peligrosa. Una bestia sin corazón. Un desalmao. Un asesino quizá. Más malo que el veneno.

No es difícil imaginar la pinta que tengo. Soy uno de esos hombres que recorren el mundo. Alto. Más alto que la mayoría de la gente de los pueblos del desierto, donde todos son chaparros, contrahechos, con cara de aceituna y la espalda curvada hacia abajo, como si hablaran con la tierra.

Tengo un bigote negro, hermoso y tupido. No tan negro como el pelo de ella pero bien negro. Voy siempre vestido con un buen traje, no demasiado caro, lleno de remiendos que consigo disimular con movimientos estudiados ante el espejo. Quizá puedo llevar un sombrero. No siempre. Ala ancha, cubriéndome parte del rostro cuando agacho la cabeza. Un pañuelo en el bolsillo. O en el cuello. Nunca un bastón. Aún soy fuerte. Unas botas de piel curtida que han pisado muchos sitios. Madera, mármol, charcos de agua sucia, mierda fresca de vaca y hierba recién cortada. Unas botas manchadas de barro y de saliva, de vinazo y de sangre. Unas botas que resuenan. Un reloj parado en la hora en la que la conocí y al que no he vuelto a dar cuerda.

Preparado para impresionar a una señorita andaluza, educada, de buena familia y guapa como el demonio.

Dispuesto a entrar en una casa a la que he sido invitado después de mucho enredar y convencer y sonreír de esa manera falsa y que hace sentir bien a la gente con la que me cruzo. Siempre silbando por los caminos: listo para hacer el mal. Para dejar caer en el vino, esta noche, cuando ella no me esté mirando, algo en su copa. Unos polvos que me vendió un veterinario —no, no es verdad, se los robé, eso y todo el dinero que tenía en su carro con el que atendía cabras enfermas, vacas paridoras y yeguas moribundas—. Uso esos polvos para estas situaciones. Un poquito en una copa de jumilla y su cuerpecico caerá sobre el postre de esa manera tan delicada con la que se echa las siestas. La muchacha dormirá toda la noche. Sin sueños dulces ni pesadillas.

Y ahora qué.

Digamos entonces que yo sería capaz de cruzar el salón, con pasos lentos y estudiados, y plantarme frente a algunos de los preciados cuadros que cuelgan de las paredes de su casa. Con el tiempo justo y manos expertas, los descolgaría. Uno, otro, otro. Partiría los marcos con las botas: crac, crac, crac. Me giraría, por si acaso: nada, todo en calma. Me enrollaría luego los lienzos en torno al cuerpo con un poco de guita. Y saldría por la puerta sin hacer ruido. Antes de irme, por qué no, me acercaría de nuevo a ella y le daría un beso en los labios que quizá nunca recordaría. Y no volvería a verla. Y si el criado o la chacha se interpusieran en mi camino, no tendría más remedio que tumbarlos de un puñetazo. O quizá clavarles el cuchillo del pan en la garganta, no sé.

Uno o dos días después le llevaría los lienzos robados a un sevillano malaje que siempre anda diciendo que compra y vende cuadros por los Madriles y hasta en Barcelona, y que quiere los lienzos de ese cortijo sea como sea. Por esa labor me habría pagado un buen sueldo. Me lo daría una tarde tranquila, en alguna tasca en mitad de ningún sitio, todo en una bolsa de esparto. Y con los duros que me pagara el sevillano malaje yo intentaría pasar un tiempo tranquilo. Unos meses por lo menos. Aunque no quiero engañarme, sé que en apenas una semana ya estaría otra vez igual.

Enredando.

Fastidiándolo todo.

Haciéndole daño a alguien o haciendo algo malo.

Aquel era el cortijo más grande de aquella zona. Con su alberca y todo bien fresca. Su familia tenía hasta barcos salineros. Y desde la entrada se podía ver el mar, a lo lejos. Su padrecico querido murió de pena meses después de que lo hiciera la madre, de una larga enfermedad, tan súbita y misteriosa que tenía confundidos a los doctores de varias comarcas. Y ella, hija única en un mundo de hermanos y hermanos que se pelean por los cuatro duros de una herencia, se quedó a solas con sus posesiones.

Reinando sobre oro, claro; también sobre pitas y henequenes, sobre acebuches, balates, minas, barcos, peones y criadas.

Durante meses rechazó y rechazó a todos los que se acercaron a ella, al olor de los billetes frescos, de las tierras. Mozos de las mejores familias de Murcia y Almería, granaínos de los de la caña de azúcar, y hasta algún extranjero. La mayoría prometían un bodorrio en su hacienda y en realidad buscaban el oro que venía atado como una cadena a su apellido. El oro, sí, pero también el calor y los besos y las piernas y los pechos de esa huérfana que parecía de todo menos una huérfana. Que tontos no eran tampoco todos esos fulanos.

Atravesé la verja.

Unos mulos me recibieron al llegar. Los aperos de labranza y la paja amontonada. Gallinas, patos y cerdos. Palmeras altas, eucaliptos, frutales y flores que no pude identificar. Nunca se me han dado bien los nombres de las plantas. No he estudiado Latín ni Ciencias y, al contrario que mucha gente, no tengo una gran memoria para las cosas que no son importantes. Con suerte retengo el nombre de los que me andan buscando y de las ciudades en las que he dormido.

Hace meses, al llegar a este pueblo, me las apañé para conseguir un trabajo junto a su padre. Me había hecho un nombre transportando dinamita por los caminos y en algunas minas del norte. No me daba miedo ir cargado con eso detrás del remolque. Qué mejor que volar por los aires de golpe, sin sufrir, y dejar con un ¡bum! este valle de lágrimas, que era como llamaba a la vida en la tierra un jesuíta al que maté hace años en las Vascongadas. Además que lo de la dinamita estaba bien pagao. Y no era más que un truco, joder. Una pantomima. Un espejismo para ir ganándome la confianza del viejo.

Aunque había visto morir a algunos desgraciaos con los pulmones llenos de polvo de piedra, me gustaba la vida en las minas: aquel olor que era una mezcla de humedad y dinamita y lo impregnaba todo y que se te quedaba en el cuerpo y en la ropa. La mirada tensa siempre fija en los barrenos alineados bien cargados de explosivos.

Al poco de llegar yo aquí, trajeron unos martillos neumáticos que se alimentaban con el combustible de unos ingleses locos que estaban en el valle de Lecrín. Me encantaba pasar tiempo con aquellos extranjeros y verlos beber cerveza caliente que traían solo para ellos y que a mí me sabía a meados, aunque me la bebía porque yo me bebo lo que me echen. Fueron buenos meses los de la mina. Mientras yo iba ganándome al padre y ganándomela a ella y ganándome entrar en su casa: el palacio de la princesa.

Unas cortinas protegían la vida del cortijo de las miradas de los curiosos.

Imponía aquel lugar. Parecía que estaba uno entrando en un castillo o algún sitio así. Al otro lado de la puerta me recibió una granaína vieja a la que con los años se le había olvidado sonreír. Aunque pude verle los dientes afilados y verdosos cuando abrió la boca para soltar un gruñido como único saludo. Llevaba con la familia desde que construyeron la casa, me enteré después. Sin anunciarme me condujo al salón.

Allí disfruté, al fin, de los retratos.

Todo el mundo hablaba de esos cuadros, incluso se habían escrito artículos sobre ellos. En los periódicos y hasta en no sé qué enciclopedia. Eran sobre todo retratos de familia, dibujados por un pintor que ya estaba muerto y enterrado y que con el tiempo y los gusanos había llegado a hacerse bastante famoso. Se suponía que esos lienzos valían una fortuna y que yo, allí, de pie frente a ellos, era un privilegiado. A mí me parecieron pinturrajas demasiado oscuras sobre ricachones muertos y feos, aunque también es verdad que yo no tengo ni idea de arte.

Solo me gustó uno, un poco más pequeño que los demás, con un pequeño marco dorado y casi escondido en las paredes de terciopelo verde de la casa.

Era un retrato de ella.

Estaba pintado unos pocos años antes, cuando aún era una niña pero ya empezaba a ser una mujer. Sus formas aún no estaban tan definidas dentro de un vestido blanco. Al cuello, una gargantilla que yo ya había visto en otros de los cuadros, sobre el cuello de su madre o de su abuela. Una herencia familiar.

En el cuadro tenía los ojos humedecidos, como si hubiera estado llorando. Al menos así había decidido retratarla aquel pintor chalao. Las manos cruzadas por delante del vestido sostenían un ramo de flores de color violeta. Los dedos tenían un sinfín de detalles, incluso podía distinguirse la textura de sus uñas alargadas y finas, un poco brillantes. Vistos de cerca eran tan solo brochazos que parecían dados al azar, sin orden.

Tendría que haber destrozado ese cuadro allí mismo.

* * *

Aunque pude haberlo hecho, porque era fácil y porque a veces he hecho cosas parecidas y, claro, peores, no robé los cuadros aquella noche para ningún fulano de Sevilla. Me da igual el arte. Además, eso era demasiado tajo pa mí. En la vida he hablado yo con un sevillano de cuadros ni de arte. En realidad, no tengo recuerdo de haber hablado de nada que no acabara con una gachí desnuda en el catre o con un cabrón molido a palos.

Ya sabéis que soy un mentiroso, no deberíais creer casi nada de lo que digo. Qué le hago yo si soy así. El tren se agita un poco y al otro lado de la ventana imagino que hay campos de barro empapado aunque todo lo que veo es negro.

Aunque yo podría haber estado allí, en el salón de aquella casa, por otro asunto. La gente en las minas, y más abajo, en el pueblo, y en otros pueblos de alrededor, cuchicheaba y cuchicheaba sobre cómo su padre había ido arrinconando a su antiguo socio de la mina. Que además había sido su mejor amigo. Menudo cabrón era el viejo con tantos aires que se daba. Arruinado y borracho, aquel pobre hombre quería vengarse como fuera. O puede que no fuera el minero, porque a veces me viene a la cabeza la cara del dueño de media flota de barcos de las salinas que también tenía algo en contra del terrateniente. Puede ser que fuera el de los barcos y no el de la mina. No sé. Mucha gente, muchos nombres en mi cabeza. Muchas tumbas.

El caso es que uno de esos dos pudo haberme encontrado. No era tan difícil. Quizá alguno de los ingleses le dio mi nombre: dicen que haces lo que uno no se atreve a hacer, me dijo una vez uno de Águilas que me contrató para que le pegara una paliza a su mujer, que al parecer le ponía los cuernos con medio pueblo. Me negué, por supuesto, y me quedé con su mujer hasta que me jarté de ella, unas semanas después.

Quizá la cosa empezaría con alguno de aquellos dos pobres hombres invitándome a echar un aguardiente. A eso nunca digo que no. Luego me pondrían en la mesa el poco dinero que les quedase tras ser estafados por el rico del cortijo. Mi plan sería hacerme amigo de su padre. Entrar en su familia. Que se confiara. Y un día mandarlo a las calderas de Pedro Botero sin que se lo esperara. De una navajá traicionera o usando la dinamita o con un trabuco directo a la cabeza. ¡Bang! Lo que pasa es que nadie contaba con que al viejo le diera un patatús justo después de la muerte de su mujer. Con lo que solo quedó una cosa por hacer para cumplir esa venganza prometida por quien fuera que la encargara.

Quitarle, una vez muerto, lo único que había apreciado de verdad estando en vida: su niña querida.

Mátala, me diría el que fuera que me contratara. Tiene que morir. Ahora. Cuanto antes. Hay que hacerlo ya. Ahora que no tiene hijos y sin hermanos. Será el fin del apellido de ese cabrón usurero.

La venganza perfecta: el fin de la estirpe.

El fin de la sangre.

No lo hice, claro. Yo nunca aceptaría el dinero de un hombre que no es capaz de vengarse él mismo. Quizá sí mataría por gusto al que fuera que me encargara algo así, eso sí. No creo que yo hubiera vengado a mi padre ni hubiera matado nunca en su nombre. Sobre todo porque no lo conocí y no sé qué fue de él y si alguna vez, quizá, todo puede ser, lo engañó un hombre rico. Seguro que sí, porque los ricos viven de joder a los pobres, siempre he entendido. Y yo vivo de joderlos a todos sin hacer distinciones.

Una vez más, siento mucho no haber dicho la verdad tampoco en esto. Lo cierto es que me cuesta recordar las cosas tal y como ocurrieron. Hay veces que me invento cosas para no acabar en el cuartelillo y les suelto a los civiles con los que me encuentro la primera mierda que me viene a la cabeza. A veces me cuento mentiras a mí mismo también. Lo hace todo el mundo, ¿no? No sé, es difícil aceptar las cosas cuando pasan. Pero os prometo que el resto de lo que os cuento pasó de verdad. Tal cual.

Fue así.

No me costó demasiado conseguir que ella les diera el resto de la noche libre a los fulanos que andaban por allí. Así que las chachas, los peones y el cocinero se retiraron a la caseta, bastante apartada de la casa principal.

Nos dejaron comer en silencio, en una gran mesa iluminada por las velas.

Dios, comí como un rey. Afuera los niños comían lagartos echados al fuego con ajo. Yo cené pescado frito. Aceitunas, tomates y cebollas. Melón de postre. Un vino traído de jumilla lo menos.

Ella estuvo tan encantadora, tan educada, amable y sonriente como el día que la conocí. Charlamos sobre ciertas aventuras mías en las minas; sobre su padre querido, su madre llorada, lo que le hubiera gustado tener hermanos que la protegieran en el patio del colegio o hermanas con las que compartir secretos; me mostró la caligrafía perfecta en las cartas que a veces recibía de una prima lejana que tenía en las Américas y que al parecer la animaba a viajar: a ella le daban miedo los aviones y los barcos. Hablamos sobre los distintos tipos de pájaros que sobrevuelan estos cielos amplios del desierto que tanto detesto; sobre la manera perfecta de cocinar el pescado y sobre el fuego. Conseguí parecer un tipo interesante y no el borrico que soy. Le hablé de los distintos matices de colores que se pueden encontrar en las aguas de un mismo río y de lo rápido que corría cuando me lo proponía. Hablé de dinamita y le dije palabras en inglés que me habían enseñado los borrachos de Lecrín. Ella de las canciones que había aprendido en la iglesia o las que cantaban los gitanos que trabajaban en la zona, que iban sobre unas morillas de Jaén y los cuatro muleros. Cuando las cantó, tocando el piano a la vez con una voz preciosa y bien entonada, pensé que yo nunca había sido más feliz en mi vida y que jamás tendría tanta paz y que así tenía que ser y así tenía que acabar.

La besé en silencio dos veces y le acaricié su piel blanca surcada de lunares. Me regaló una de esas sonrisas de las que os hablaba antes. Nos prometimos cosas bonitas.

Y luego, aún con los restos de la cena sobre la mesa, cogí el cuchillo con el que había cortado el melón y se lo clavé en el cuello, rasgándolo hacia abajo.

Murió al momento y su cuerpo, al caer, derramó nuestras copas de vino.

* * *

Me quedé allí un rato.

Yo la miraba a ella y los retratos de sus antepasados me miraban a mí. Nunca se me olvidará que sobre la mesa derramada se confundían su sangre y el vino. Eran del mismo color. Un rojo oscuro del que costaba apartar la mirada.

Me atusé el bigote. Es la única manía que he heredado de mi padre, que también lucía uno que era la envidia de todo el mundo. Pronto las chachas se acabarían enterando, avisarían a alguien y el cortijo se llenaría de ojos.

El aire se llenó de mosquitos. No me picaban aunque revoloteaban en torno a la luz del porche. Hacía una noche de esas de mucho calor. Iba con el cuerpo encogido por un dolor fuerte que me atravesaba el pecho. Un dolor inesperado. Un pinchazo como de mil agujas. No lo había sentido antes. Y mira que de dolores yo sabía bastante. Me habían pegado tantas veces y de tantas formas y hasta marcado con hierro caliente y a veces me habían sacado una muela de un palazo en la cara y había perdido la cuenta de las veces que me habían roto la nariz.

Este dolor era distinto. Sabía lo que significaba: nunca jamás volvería a matar a nadie. Es algo que uno sabe cuando pasa y que hasta ahora me parece que he cumplido. Aunque como para fiarse de mí, ¿no?

Me fui en silencio de allí. Con pasos lentos, sintiendo las botas hacer crujir el suelo de la entrada. Atravesé el jardín sin saber el nombre de ninguno de aquellos frutales, sin reconocer aquellas flores tan hermosas. Las manos me olían aún a su cuello, blanco y perfumado. Y a melón.

El tren se ha parado.

A pesar de las lluvias, hace calor y he decidido bajarme en esta estación. Noto el sudor pegado a mi traje, su olor dulzón mezclado con el de ella. No sé dónde estoy. No he conseguido dormir durante el viaje. No sé si vengo del cortijo o si estoy llegando a su pueblo por primera vez en mi vida. A empezar con la tarea: conocer a su padre, conseguir el trabajo en las minas, sentarme a la mesa con ella algún día. Ejecutar mi último crimen. Perdonad, confundo los meses, los días, las horas. A veces el sol me parece una luna enorme, o el cielo negro se me antoja un cielo amarillo. A veces no distingo entre algo que ha ocurrido y algo que está por ocurrir: ¿no os pasa? Hace tiempo que he olvidado mi nombre. Giro la cabeza mientras el tren va abriendo las puertas. No puedo verme reflejado en el cristal grande que devuelve la imagen del resto de los asientos y de los pasajeros de mi vagón mientras se incorporan y recogen su equipaje.

Bajo del tren. Me cuesta caminar. Joder, cómo me duele todo el cuerpo. Me cruzo con personas a las que les han borrado la cara. Se me quedan mirando como si el de la cara borrada fuera yo: no sé qué pasa que no distingo sus rasgos. Es como cuando un pintor indeciso no sabe cómo terminar un retrato. O como cuando acercas la cara a un cuadro que representa un paisaje y la gente que se mueve al fondo del cuadro no son más que borrones sin rostro. Manchas rosas o negras. Escucho graznidos como de ave en lugar de palabras.

Tengo hambre. Creo que intentaré comer algo de carne y echar un trago. No tengo un cuarto, así que espero tener suerte y que alguien me invite.

A anís: no tengo el cuerpo pa vino.

Yo he visto a un niño llorar

Muchas veces me han hablado de la primera vez que me monté en ella.

Yo era solo un zagalico. No tendría más de cuatro años y por eso casi ni me acuerdo. Estaban mis dos hermanicos mayores, gemelos, mi tío, mi madre y yo. Estuvimos dando vueltas y vueltas sin parar por una explaná que tenía mi tío al lado de la plantación de maíz que usaba para dar de comer a sus animales.

Al parecer aquella primera vez dimos tantas vueltas que yo me mareé y eché hasta la papilla. Como era temprano por la mañana imagino que vomité el pan seco mojado en aceite y la leche de oveja medio amarga.

Todos se reían de mí —sobre todo los gemelos— y mi madre se apeó para ayudarme a vomitar, sujetarme la frente, secarme la boca y buscarme un vaso de agua. Cosas que hacen las madres.

Era una DKW de doble cabina color verde apagao igualico al de los uniformes de mis hermanos cuando hicieron la mili. Mi tío usaba aquella furgoneta para cargar los aperos, el esparto, la cebada o los higos chumbos con los que fabricaba aquel aguardiente que al beberlo podía tumbar a un caballo. A pesar de esto, la tenía siempre reluciente, como si acabara de salir de la fábrica. Limpica, ordenaíca. Mucho más limpia que el cuarto que compartía con mis hermanos, que siempre estaba guarro y hecho un desastre.

No recuerdo la primera vez que subí a ella, es verdad, pero sí que me acuerdo de la última.

Fue hace bastantes noches.

Conducía el Indio. Su hermano iba al lado y yo iba al lado de su hermano. Detrás, al raso, con la cabeza levantá mirando las estrellas estaba Juan Sorroche. Él siempre hacía esas cosas.

Cuando cumplí doce años mi tío empezó a dejarme cogerla. Aunque quería a aquella furgoneta más que a nada en el mundo, ya se sentía mayor para conducirla tanto como ella necesitaba: solía decir que un coche se muere de triste si no anda todos los días unos pocos kilómetros. Cuantos más mejor.

También decía que los coches, como las personas, se enamoran.

Y que aquella DKW de doble cabina color verde apagao estaba enamorá de mí desde que me vio y, claro, él no podía interponerse entre nuestro amor. Cuando decía estas cosas me hacía reír.

En realidad mi tío siempre estaba hablando del amor de los demás. De amor y de verduras. Era un hombre bueno y grande, grandísimo, de manos peludas y monstruosas. Te abrazaba y te cubría por completo, hasta que desaparecías del tó. De jovencico había tenido veinte trabajos en veinte sitios hasta que volvió al pueblo y ya solo se dedicó a cultivar y a dar paseos y a fumar tabaco liao. Le gustaban los cielos del desierto, que había echado mucho de menos en sus penaeras por esos mundos de Dios. Mira, decía señalando el cielo. Ni una nubecica, sonríe. Y cuando las hay… Y echaba el humo del cigarrillo liao al aire. Sin terminar la frase. Suspirando. No le gustaban los plásticos que cubrían los huertos de alrededor. Maldecía a los que los ponían en idiomas que yo no entendía. Pocas veces, porque casi siempre tenía una sonrisa en la carota esa gigante de oso o de monstruo simpático.

Todo lo aprendí de él. Me enseñó fandangos y mineras, nombres de zagala con los que tenía que salir y nombres de zagala a los que no tenía que acercarme, a coger higos chumbos sin pincharme, a cazar lagartos. A nadar, a abrir los ojos debajo del agua y a aguantar la respiración para pescar pulpos de las rocas. A secarme en pelotas al salir del agua: nada de toallas, zagal, que eso es para turistas y madrileños. Me acuerdo de cómo me gustaba de muy chiquitajo ayudarle con la escoba a limpiar la puerta de la casa. Esa escoba fue mi primer juguete. Mi tío me enseñó las poesías guarras que se escondían en los libros no guarros del Círculo de Lectores que todo el mundo tenía en casa. Con él aprendí a freír huevos, aunque me daba mucho miedo quemarme con el aceite. A esconderme en las paranzas como hacían los cazadores y así ver a los zorros y a las ginetas.

Aprendí a beber. A conducir. A reírme de todo. Y de todos. A contar ovejas para dormir. A despertarme de buen humor.

Lo echo mucho de menos.

Hace unas cuantas noches, los otros y yo íbamos por una comarcal cuando la furgoneta se salió de una curva. El Indio no pudo controlarla. Dio tres o cuatro volantazos. Ya fuera de la carretera, nos precipitamos por un balate muy empinado. La furgoneta dio varias vueltas de campana. Las piedras de un jorfe detuvieron nuestra caída de manera seca. Los cristales se mezclaron con la sangre, el metal se retorció como si fuera la cola cortada de un lagarto.

No se oyeron voces. Solo varios cracs y un golpe seco.

El Indio y su hermano murieron en el acto. Juan Sorroche lo hizo camino del hospital, con un hierro atravesándole el pecho y quemándole la piel. Dicen que sufrió mucho.

Por alguna razón, yo solo perdí las dos piernas.

Me desplazaré lo que me quede de vida usando una silla de ruedas vieja que chirría mucho cuando la hago avanzar. Y no conseguiré olvidar aquel accidente hasta que sea un viejecico sin dientes.

Aquella tarde cogimos la DKW. En este pueblo de mierda no se puede hacer gran cosa los sábados. Pero hay una tasca ahí abajo en San José que tiene un billar. Lo trajo un inglés que tenía los dientes podríos. Es la misma tasca a la que iba mi tío. Lo atiende una mu apañá que es de Jaén. En la radio crujen boleros, cuplés y algún fandango de vez en cuando. Los vagos y holgazanes de siempre pegan la hebra como siempre, beben vino y mistela sentados donde siempre y calientan sus putas sillas. Siempre tienen bacalao con garbanzos, un caldo vinagrón y huevos fritos. En la puerta los días buenos hay un manojo de sardinas secándose.

Yo había dormido en la furgoneta tres veces. Una vez que fuimos con el tío a una feria a vender higos y esparto. Y dos noches de verano en las que hacía tanto calor en la casa que no se podía dormir y nos habíamos llevado los colchones a la parte trasera. Queríamos dormir al raso, pero en realidad estuvimos mirando el cielo, por si se veían esas luces brillantes que los más palurdos del pueblo decían que podían verse de un lado a otro como bengalas pequeñicas.

Aunque no creía en Dios, mi tío había colgado un rosario del espejo retrovisor. Tenía una postal acartoná de la Alhambra. Cuando volvió de Graná, decía mi madre, fue cuando empezó a hablar del amor de los demás.

Monedas, amuletos, billetes de lotería arrugados, alguna bala sin disparar.

La matrícula había acumulado tanta mierda que ya nadie sabía cuál era y cuando a veces lo paraban los civiles para pedirle los papeles, no había manera de reconocer los números. Mi tío cada vez daba un número de matrícula distinto y los civiles como lo conocían bien y le compraban esparto y a veces maíz para las gallinas y los invitaba a cigarrillos de los que liaba él, pues lo dejaban pasar como si nada, buenas noches y siga su camino, con el gesto ese de la mano en el tricornio y una sonrisa más bien sequica.

Aquella noche en San José hablé con una de las tres o cuatro mozas de las que estaba enamoriscao. Mariajésus era la que estaba un poco más gordica, pero también era la más guapa. Los labios rojos y carnosos, las tetas bien grandes. Se ponía jerséis de lana aunque hiciera calor. Y faldas. Jersey y falda: ya podéis imaginar el tipo de moza que era la Mariajésus. Supongo que lo hacía para disimular los tetones, pero solo conseguía que yo quisiera meter la mano por debajo de la tela aún más.

Le pregunté si podía besarla y ella me dijo que no. La invité a dos palomicas de anís sin que se enterase nadie. Salimos a la calle, donde también hacía calor y solo se escuchaba a las cigarras. Allí intenté besarla esta vez sin preguntárselo y ella apartó la cara. Después se dejó invitar a otra palomica. Le gustaba el anís. Yo no podía enfadarme con ella por no querer darme besos. No era mala moza.

Me eché agua en el lavabo y miré mi cara. Pensé que nunca más me miraría en un espejo. Y también pensé que podría dejarme una perilla de esas. Así parecería mayor y a lo mejor me hacía parecer más bonico. El hermano del Indio lo había hecho y ya se había tirado a dos zagalas. Pero claro, él había estudiado y siempre estaba callado y no miraba a nadie a la cara y tenía una chaqueta de cuero con tachuelas de plata. Y patillas. Unas patillas chulísimas.

Jugábamos al billar toda la noche y yo miraba esa chaqueta de cuero con tachuelas. A veces el hermano del Indio dejaba que me la pusiera un rato. Luego hacía calor y me la quitaba. Cuando yo fallaba, el Indio se reía. Pero él fallaba mucho más y nadie se reía. Era rubio, tenía el pelo revuelto, a ratos muy rizado, y esa sonrisa de tramposo que tan bien le sentaba. Iba para timador. No sé por qué le llamaban el Indio. Parece ser que a su padre ya lo llamaban así. No se parecía en nada a su hermano, al que no llamaban el Indio, aunque los dos tenían el mismo tono de voz. Igual igualico. Y además usaban las mismas palabras al hablar. A veces, si cerrabas los ojos y te hablaban no podías distinguir a uno del otro.

Jugaba al fútbol y su padre le pegaba a veces. También había pegado a su hermano. El Indio solía venir con el culo molido y le dolía tanto que no podía sentarse en los taburetes del bar o en los pupitres de la escuela.

Algunas noches se nos juntaba como una lapa un primico de estos, que era medio gitano, tonto como un mulo y aún más feo que yo. No parecía el primo de estos ni queriendo. Tenía el pelo enmarañao, muy negro, los dientes verdosos y ese acento tan raro que yo no sabía de dónde era. Esa noche jugó con nosotros, pero no se subió en la furgoneta. Alguien iba a venir a buscarlo. Tuvo suerte y cuando me lo cruzo por la calle me lo recuerda, gritándome y dándome fuerte en la espalda, de la que me libré, me cago en Dios de la que me libré y a veces me duele cuando me da en la espalda. Porque en la silla esta que llevo todo duele más, los golpes y todo, como ya sabréis.

Luego estaba Juan Sorroche.

El más listo de todos nosotros, el que sacaba mejores notas aunque nunca se le vio estudiar. Leía mucho, muchísimo, y de más zagal conducía las ovejas de su padre. Le gustaban las ocas y los patos, sabía diferenciar entre un montón de plantas, cocinaba cuando su padre lo dejaba solo. Cambiaba mucho de afición y de deporte. Se cansaba rapidico. Era una esponja. Los últimos meses le había dado por tocar la guitarra y cantar. Se imaginaba esas letrillas de tanguillos con nuestros nombres que hacía que nos partiéramos de risa. ¿Cómo conseguiría inventarse todo eso? ¿Lo llevaba escrito? Nadie puede inventarse rimas tan rápido y con tanto arte. Era mejor que los mejores. Era mi favorito.

Lo pasábamos bien aquellos aburridos sábados por la noche.

Hace unos años, antes de dejar de tener piernas, yo le decía a todo el mundo que nunca lloraba. Era casi verdad y me sentía muy macho al decirlo. Podían hacerme mucho daño, tirarme pellizcos o darme patadas, que yo no lloraba. Nunca. Cuando se murieron los abuelos yo no lloré. O cuando una niña me decía que tenía cara de panocho y se reía de mí, algo que pasaba más a menudo de lo que imagináis. Jamás lloré por esa tontería.

Tampoco lloré cuando los gemelos se fueron al moro. Es una historia reviejúa, de antes del accidente. Casi todo el mundo sabe que cuando mis hermanos mayores se fueron al moro solo volvió uno de ellos.

El que no volvió dicen que desapareció en el desierto. Nunca sé qué querían decir con eso. ¿Le picó un alacrán? ¿Se evaporó? Además, ¿en qué desierto estaba? Los dos se fueron a la mili el mismo día, llenos de ilusión y contando chistes y diciendo tonterías como siempre decían. Uno llevaba los dientes negros de comer chocolate. El otro casi pierde el tren porque estuvo despidiéndose de una novia muy pánfila que tenía. Cuando hablaban por la noche yo escuchaba cómo cuchicheaban los dos y cómo uno le decía al otro que se había tirado a la pánfila y que no era tan pánfila, que era una guarra y que cuando volviera se iban a casar pero que él a lo mejor lo hacía por pena pero no por amor. Si mi tío hubiera escuchado esas conversaciones les habría pegado un buen tirón de orejas a los dos.

Al parecer, en las primeras semanas en el moro, los gemelos se pegaron una buena vidorra. Eso decían en las cartas que enviaban. Siempre había una parte de las cartas que mi madre se saltaba, pero luego mi tío me las leía cuando estábamos los dos solos. Esas partes iban de tetas y culos y de echar mucho de menos y de que a veces lloraban. Son cosas que mi madre no quería leer por vergüenza o por pena.

Los gemelos contaban que fumaban mucho de todo y se reían y que iban a la playa a bañarse los días libres. Yo siempre pensaba lo mismo: para qué irse tan lejos si aquí hacían lo mismo pero vestidos de ropa normal y no de uniforme y con la comida de la marecica que seguro que era mejor que la del cuartel. También decían que todo el mundo los trataba muy bien y que los quería y yo pensaba: pues claro, igual que aquí.

Entonces un día, uno de los gemelos se va solo a la Medina, que es como si fuera la capital pero del moro. Era el que tenía la novia pánfila. Y según se dice, ese día se va con unos morillos al desierto en un Citröen cascao y el otro gemelo ya no lo vuelve a ver más. Y ya está: perdido en el desierto. Donde yo no sé cómo puede uno perderse, pero bueno. La cosa es que no volvió.

Y al llegar al pueblo, el gemelo que sí volvió y que solo era unos minutos más joven que el otro, se pasaba las noches asustaíco perdío, entre gritos y sudores. No dejaba dormir a nadie. Casi no comía más que un poco de pan mojao en vino. Un día se fue de casa sin dejar nota y tampoco lo volvimos a ver. Lo estuvimos buscando. Fuimos a los pueblos vecinos, a las pedanías, preguntamos en los cuatro heteluchos y hasta en Almería; buscamos en los cuartelillos, hasta en las casas de las zorras —aunque él nunca iba allí, era muy formal— y en las parroquias y en las sacristías y en las iglesias. Una vez que nadie me veía, me metí en el mar yo solo, y nadé por debajo con los ojos abiertos, como cuando pescaba pulpos con mi tío. Lo busqué por las rocas, entre los peces. Había soñado a veces que me llamaba desde allí, para que fuera a rescatarlo. A veces yo pensaba: ¿y si se han ido los dos porque no quieren que los encuentren? ¿No sería mejor dejar de buscarlos tanto?

Al final pasó el tiempo.

Así que yo tenía dos gemelos desaparecidos. Y no me quedó otra que cuidar de mi pobre marecica, que lloraba enmorecía, todo el rato, sin parar.

Y yo, sin embargo, ni una lágrima. Nada de nada.

Hace ya algún tiempo que dejé el hospital. No sé cuánto. A veces pienso que es cosa de unas pocas semanas. Otras que esto pasó hace años. Me acuerdo de todo menos de eso. No sé a cuento de qué.

Ahora, sentado en mi silla con ruedas, miro por la ventana. Y pienso mucho que es esa, la cosa esa de no llorar, la razón por la que salí vivo del accidente. Como si fuera un maleficio gitano.

Unos días después me llevaron al campo de mi tío. Alguien había arrastrado la furgoneta. Ahí estaba, hechica polvo. A la espera de qué hacer con ella y cuándo llevarla al desguace. Como la ballena aquella que apareció muerta en la cala de Mónsul una vez. Solo que de cristal y de metal verde. Y sin el mar cerca.

Me quedé mirando la furgoneta un rato. Los hierros retorcíos en formas raras. Los restos de sangre imposibles de borrar. Sentado en aquella silla apoyada de aquella manera sobre el terreno irregular del campo de mi tío.

Ahora lloro. Lloro todos los putos días.

Y todas las putas noches.

Martinete

Clonc, clonc.
Miraba el retrato de mi parecico muerto.
Clonc, clonc.
Miraba y me miraba él desde lo alto.
Clonc, clonc.
Qué ganas me dieron de quemar la casa enterica.
Clonc, clonc.
La casa entera quemá.

No lo hice cuando pude, ahora me arrepiento.
Clonc, clonc.
Y ahora tengo zagales y chiquillos.
Clonc, clonc.
Ay, algún día mi mayor, delante de mi retrato.
Clonc, clonc.
Ojalá la prenda fuego sin dudarlo.
Clonc, clonc.
Y de una vez por todas, acabe, sin pensarlo,
Con esta línea, clonc, clonc, de sangre envenená.

POR LAS TRENZAS DE TU PELO

Antes de dormir en la cama del cura lo había hecho en otras muchas camas con muchos otros hombres del pueblo.

Era una morena clara a la que se comieron los lobos una mañana de marzo.

Aquel fue el primer domingo en el que no fuimos a misa. La iglesia se quedó vacía y sola. Las viejas que pegaban la hebra decían que la gachí morena clara se metía en la cama del cura noche sí noche también. Decían que se besuqueaban bien besuqueaos y luego los dos pringaban las sábanas. Yo no sabía qué quería decir aquello de pringar las sábanas. Todo el mundo lo sabía, pero nadie lo decía en voz alta.

Aquí nunca se decían las cosas en voz alta.

A mi madre se lo dijo una de las vecinas enlutás de arriba y mi madre se lo dijo a mi padre, que se cogió un enfado muy gordo. Iba diciendo por toda la casa que a él no le importaba, que eso eran cosas de las que no teníamos que hablar. Y que no pasaba nada porque el cura durmiera con una zagala tan guapa. A mi madre no le sentó bien eso de zagala tan guapa y se peleó con mi padre. A gritos y tirándole los lebrillos a la cara. Me tocó recoger los trozos del suelo. Me corté una mano con el borde afilado de uno y la sangre manchó el suelo. Yo mismo me puse una venda, mientras ellos seguían pegándose gritos y que si poca vergüenza esto o ya te vale lo otro.

Nunca había visto a esa zagala tan guapa hasta que un día mi madre y la vecina la señalaron con el dedo, con todo el descaro, mientras ella volvía de los bancales con las cestas llenas de berenjenas y pimientos.

El pelo largo se le rizaba un poco al final. La nariz grande pero bonita. Los ojos también grandes. Tenía que ser una mujer fuerte, porque llevaba parriba y pabajo sin quejarse esos cestos grandes lleneticos de verduras. Me pareció de esas mujeres que podían ser muchas cosas en la vida, casi lo que quisieran, pero que no te las imaginabas —o no querías imaginártelas— como la noviecica del cura.

Las cosas nunca son como uno se cree.

Un día aquella mujer desapareció sin que nadie supiera nada de cómo o por qué y entonces se empezó a decir por todo el pueblo que se la habían merendado los lobos. No sé de dónde sacaron eso. Por aquí no se veían lobos desde que se cazó el último en la sierra de Baza.

El alcalde y sus mozos organizaron una batida para encontrar el cuerpo de la pobretica. Había perros rastreando, familias enteras buscando. Gente que ya no se hablaba se juntaba para la búsqueda. Hermanos, amigos, mujeres y viejos. Incluso los más zagalicos podían participar.

Para nosotros aquello era un juego y nadie se acordó de que estábamos buscando un muerto. Una muerta. Hasta muchos años después no caí en la cuenta de que ni siquiera estábamos asustados. ¿Por qué? Íbamos por la sierra, como si fuéramos a cazar lagartos, todos cogidicos de la mano, cantando mientras buscábamos a una mujer guapa que estaría tendida en el suelo como durmiendo y con los ojos cerrados.

Yo pensaba que no íbamos a encontrarla nunca.

Aún notaba el sabor asqueroso de la infusión de crujía que mi madre me daba para el dolor de muelas. Tenía los ojos hinchaícos por el sueño. No me había podido peinar, llevaba el pelo hecho una plasta y debajo de la ropa tenía el pijama puesto. Me daba vergüenza que me pasara algo y todo el mundo se diera cuenta, así que iba dando pasos con los ojos bien abiertos, intentando no tropezar con nada y que nada me comiese a mí también.

Yo solo podía pensar en los lobos.

En el color amarillo que dicen que tienen en los ojos; en las orejas en pico que parecen más de gato que de perro; en la expresión del hocico, que parece más de perro que de gato. Imaginaba lo horrible que sería caer en sus garras, mientras te devoran arrancándote la piel a tiras con esos dientes grandes y fuertes, con las patas apoyadas sobre el pecho o el cuello y el pelo manchándose de tu propia sangre.

Por el camino íbamos contando cosas como estas, cosas sobre lobos y otras tonterías que se nos ocurrían para asustar a las niñas, sobre todo a la más caprichosa, que era sobrinica del alcalde y decía que no se asustaba ante nada, y nos reíamos. En un momento adelantamos nuestro paso, sin que se dieran cuenta, para escondernos en las paranzas y asaltarlas por sorpresa. A ver si así te asustas ahora niña caprichosa.

Les tirábamos del pelo y ellas nos tiraban loscos.

Lo pasábamos tan bien que se nos olvidaba qué habíamos ido a hacer allí.

En un momento de aburrimiento, cuando ya decían que era hora de volver a casa y no había rastro de la gachí del cura, empecé a contar los árboles. Y las ramas de cada árbol. Y las ramicas de cada rama de cada árbol. Y así, cuando llevaba ya mil o dos mil ramas contadas, casi cien árboles, me vi solo, en medio de la sierra. Abandonao.

Seguro que fue la venganza de la sobrinica del alcalde. Vamos a irnos y a dejarlo solo, veréis qué risa, me la imagino diciendo con la voz gritona esa de niña rubia y flaca como un palico. Era muy alta y tenía unos brazos finos y delicados, que parecía que podían romperse al apretarlos un poco. Yo no sé cómo no se hacía más daño. Además de alta era bruta y nada delicada. No parecía una niña. Se había metido en muchas más peleas que yo y siempre ganaba. A mí no me gustaba, aunque ella pensaba que sí. Bueno, todo el mundo pensaba que sí. Incluso su madre una vez se había encontrado con mi madre en el mercado y le había dicho que yo le mandaba cartas con dibujos y poemas.

Eso se lo inventaron. No sé por qué. Casi no sé escribir, pues como para mandar cartas estoy.

Yo también era valiente y nunca le había tenido miedo a la sierra, y eso que era grande y oscura y estaba llena de sabinas y encinas que tenían las ramas estiradas como si fueran gente sufriendo y todo eso, así que no iba a tenérselo justo en ese momento.

No grité ni los llamé.

Pensé que todo el mundo estaría volviendo al pueblo y que quizá ya habían encontrado a la pobrecica mujer que dormía con el cura.

Decidí, buscando el camino a casa, volver a recontar sabinas y encinas. Y mientras lo hacía, catorce, quince, allí solo, dieciséis, diecisiete, en aquella sierra, a mi paso, diecio… Pum.

Tropecé con algo en el suelo.

Al bajar la vista, entre ramas y palos, entre algunas hojas secas y arbustos, la encontré.

Me costó una miaja reconocer en aquella forma extraña de carne llena de arañazos y mordiscos, entre la sangre oscura y reseca y el pelo revuelto con la fina tela blanca de un vestido, el cuerpo de la mujer que mi madre y la vecina me señalaron aquella vez por la calle. Un cuerpo y una cara que, después, yo me había quedado mirando embobaíco muchas veces. Casi siempre con un cosquilleo raro en el estómago, un cosquilleo que he sentido muy pocas veces después de aquella.

No reconocí los ojos oscuros y tristes. Ni los labios finos, rojizos. Ni la piel delicaíca y blanca.

Eso no podía ser lo que quedaba de aquella zagala. Ni se acercaba.

Llevaba sobre los hombros el mantoncico aquel de lana roja que se ponía para ir a misa. A las enlutadas les parecía una poca vergüenza ese rojo en la iglesia. Entraba de las primeras y se sentaba más o menos por la mitad de los bancos. Casi siempre iba sola, aunque a veces la acompañaba alguno de sus primos de Carboneras, que eran un montón.

Escuchaba la misa repitiendo todos los rezos. De memoria. Sin equivocarse nunca. Siempre con el mantoncico rojo sobre los hombros, así hiciese frío o calor. El mantoncico rojo y una sonrisa que nadie más lucía en toda la iglesia.

Una corneja negra que había estado alimentándose de lo que quedaba de aquel cuerpo estaba atrapada entre las hebras de lana roja del mantón destrozao. Las tenía enganchadas al pico y a las alas y no podía moverse.

Sentí un escalofrío.

Aunque la primavera estaba a punto de llegar, hacía todavía bastante frío en mitad de la sierra. Me vino muy bien tener puesto el pijama debajo de la ropa.

Liberé al pájaro, que graznó y salió volando.

Después tapé lo que quedaba del cuerpo con muchísimas hojas secas y algunas ramas. Cogí las más gruesas que encontré y con ellas camuflé un poco la tela blanca, que era más llamativa que los restos de piel y sangre.

Faltaba algo. Lo hice sin pensar. Como casi siempre hago las cosas y por eso muchas veces acabo haciendo llorar a alguien o peor, el que acaba llorando soy yo. No piensas lo que haces, me grita mi madre o mi padre o algunos de los maestros y yo le doy vueltas a la cabeza sin saber cómo se puede pensar un poco más o un poco mejor.

Estoy seguro de que hubierais hecho lo mismo.

Yo no podía permitir que la encontraran así. Que la vieran así. Convertida en algo que ya no era una mujer hermosa ni casi una persona. Con mucho esfuerzo moví dos piedras muy grandes. Me quedé un rato parado.

Levanté una de las piedras y la dejé caer sobre lo que quedaba de rostro. Explotó como una fruta madura. Le borré la cara magullada y herida. La protegí de los chismosos y de los curiosos. Quería que el tiempo conservara el recuerdo de lo bonita que había sido. Siempre sería esa zagala tan guapa que hizo a mi padre y a mi madre pelearse un día y tirarse lebrillos y hacer que me cortara un poco al recoger los restos por el suelo.

Me fui de allí caminando primero, corriendo después. Llegué a casa nerviosico y sudao. Nadie me preguntó por qué había sido el último. No la encontraron.

Al día siguiente vería a la sobrina del alcalde en la clase y por primera vez no le tiraría del pelo ni ella me amenazaría con tirarme un losco.

DE AQUELLA CAMPANA TRISTE

Todo el mundo sabía que aquello iba a pasar.

Los más jovencicos y fuertes del pueblo habían estado trabajando en la presa para que pasara. Bueno, no solo ellos. A mi padre, que no era jovencico, ni muy fuerte, también le había tocado arrimar el hombro. La construcción de la presa había durado años. Muchos muchos años. Había muerto alguna gente y habían gastado muchos duros. Fue antes de que yo naciera, aunque yo no tenía ni idea de cuándo podía ser eso. No sabía que podían pasar cosas antes de que uno naciera.

Las calles de mi pueblo iban a quedar inundadas. Del todo. Para siempre.

El agua iba a pasear por donde ahora paseábamos nosotros. Iba a correr como corríamos nosotros. A entrar en la tasca como entraban los hombres y en la iglesia como entraban las viejas vestías de luto. El agua iba a ser el nuevo habitante de mi pueblo. El único habitante de mi pueblo. Como si fuera un gigante que iba a tumbarse allí a descansar. Y al que nadie iba a despertar nunca.

La cosa venía de cuando Franco. Y era culpa de la bajada del Río Grande, que venía de Sierra Nevada con toda su mala hostia. Y aunque habían tardado años y años y se hablaba mucho y se decían muchas cosas y en realidad todos sabían que iba a pasar, fue como esas veces que tienes un examen en el colegio. Esas veces en que no abres el libro hasta un poquillo antes de acostarte y a lo mejor ni eso: a lo mejor lo abres camino del colegio o en el mismo momento de empezar el examen, escondío el libro debajo de la mesa para repasar los afluentes del Guadalquivir, la lista de los reyes godos o cómo se llamó el gachó que escribió las *Rimas y leyendas*.

Así que en eso de la inundación de mi pueblo fuimos todos como malos estudiantes y lo dejamos todo para el final. Yo pienso que eso pasó porque nadie quería irse del pueblo y había mucha tristeza en las casas aunque no se atrevieran a decirlo en voz alta. Ni en voz baja. Nadie decía naíca de ná.

El alcalde, al que mi padre llamaba nuestro querido alcalde, reunió un día a tó quisque y les contó cómo iba a ser la cosa. Aquel hombre, que era pequeñajo y rebolondo como una pelota, nos habló a grito pelao: había firmado un no sé qué con no sé quién y nos íbamos todos a un pueblo un poco alejado del nuestro antes de que el agua llegara a nuestras casas. Íbamos a un pueblo que todavía no era un pueblo. Eran unos terrenicos más bien. Un pueblo sin nombre y que al final quizá se acabaría llamando como el nuestro. Nadie lo sabía y nadie discutió sobre el nombre, aunque a mí me parecía importante.

Los terrenos estaban un poco más abajo del valle. Más abajo y más escondíos. Protegidos de las crecidas de los ríos y de las miradas de los curiosos y de algunos forasteros despistaos que aparecían buscando alguna ruina romana o mora. Íbamos a estar más lejos todavía de los pueblos importantes y más todavía de la capital y de los médicos, que en este pueblo solo venía uno y muy de vez en cuando, y de los negocios buenos también. Íbamos a estar lejos de todo. Decían que en el terreno nuevo había árboles que daban naranjas y árboles que daban limones. Los más cenizos decían que lo que había era cuatro olivicos esmirriaos y que para árboles buenos los de nuestro pueblo de ahora.

Tenían razón.

El papá y la mamica estaban como locos. Empaquetando cosas. Gritándose. Decidiendo qué se llevaban y qué no. Se habían tomado aquello como un principio de algo. Un principio para ellos. Para la familia. Quizá pensaba mi padre que en el nuevo pueblo sin nombre sería un poco más feliz, que dejaría de beber anís a deshoras, que encontraría por fin un trabajico mejor que arrimar el hombro a ratos en la presa que iba a acabar con nuestra casa. No sé. Nunca hablaba mucho de lo que le pasaba.

De joven mi parecico había querido ser artista. Tocar la guitarra por las ventas o cantar pasodobles para los bailes, artista de los que hacían las funciones en fiestas y que iban de un lado para otro y no tenían casa y vivían en pensiones; o a lo mejor poeta porque a veces escribía versos y luego arrugaba los papeles o los rompía enfadado. Lo que fuera menos trabajar y madrugar. En eso nos parecíamos. Al final como era tan vago ni artista pudo ser y acabó madrugando más que nadie y pasando las horas a la solana en los campos de otro, o en la presa o por ahí subío en una carreta y vendiendo chatarra o aceitunas y encurtidos que aliñaba él. A pesar de eso y de no hablar mucho, siempre tenía una sonrisa en la cara y la mamica lo animaba y le decía: para mí tú ya eres un artista, y él se consolaba con eso porque era bueno.

Yo me sentaba en el suelo a mirarlos.

Habían apilado todas las cosas que nos llevábamos de la casa: la mecedora que nos había regalado la abuela y en la que según decían yo me quedaba dormío de pequeño con solo sentarme en ella; pan, harina; el morral de mi padre; dos botellas de anís; las mantas que más abrigaban, y que nunca eran las que tenían dibujos o colores o las más bonitas, sino las más feas, de colores feos y sin dibujos; dos cartas que envió el tío una vez que fue a Madrid; el trabuco del papá; el vestido de luto de la mamica; toda la ropa limpia y alguna ropa sucia que íbamos a lavar allí; unas pocas cazuelas, almireces y lebrillos; un álbum de fotos solo uno porque era el que tenía fotos del niño muerto que era un hermano que yo había tenido antes de nacer yo y que cogió no sé qué y se murió de repente y de ahí el vestido de luto de la mamica. También había un libro sobre el Cid Campeador y otro de Cristóbal Colón y otro de cuando la guerra, que estaba prohibido porque decía cosas que no se podían decir entonces. Mi padre había recibido ese libro por correo, un día. Enviado por un primo que vivía en Francia y al que no mataron de milagro, como siempre decían.

De milagro se libró el pobretico.

En la casa se quedaban las cosas sin importancia o las que eran demasiado grandes para trasladarlas: las camas —la mía chirriaba en cuanto me movía un poco— o la mesa en la que comíamos; el tarro de cristal donde guardaba los dulces que me compraban y que yo solo podía comer los sábados por la tarde; las ramas convertidas en espadas con las que jugaba a ser el Cid Campeador y a rescatar princesas; dos osos de peluche con los que antes hablaba —uno amarillo al que le faltaba un ojo y otro azul gastado con sus dos ojos— y con los que ya no jugaba y a los que dejé de hablar cuando me hice mayor; trozos de tela de las mantas que mi madre y que las titas tejían cuando ellas venían a visitarnos; unas sillas rotas y cojas, los aperos de labranza que no se usaban desde que murió mi abuelo, un baúl que no se abría, un par de cubos agujereaos a los que se le salía el agua y varias cajas llenas de cartas que no se iban a volver a leer.

Luego estaba Tango.

Era el caballo viejo que el papá tenía desde hacía mucho tiempo. Grandecico y bien gordo, marrón, con una marca en forma de estrella bajo los ojos. Yo lo había montado muchas veces desde chiquitico y lo primero que hacía cuando me despertaba era ir a acariciarlo en pijama y sin haber tomado todavía ni las gachas. El papá era tan cobarde que era incapaz de matarlo, aunque estaba viejo y enfermo, así que iba a dejarlo por aquí, esperando a que el agua hiciera lo que él tenía que hacer. Pobrecico Tango.

Recuerdo que, durante aquellos días de nervios, de noches cortas en las que nadie dormía y cenábamos pan y huevos fritos, la mamica se sentaba en la mecedora y empezaba a llorar. Enmorecía. Desconsolá perdía. Entonces el papá se acercaba por detrás y la abrazaba. Con esa sonrisa que no había manera de que se le borrara de la cara. Y en esos momentos me gustaba mirarlos, bien escondido, porque era muy raro verlos así. Se abrazaban muy poco. Y casi nunca se daban besos como pasaba en las películas.

El papá le decía algo al oído a mi mamica y por mucho que me acercaba no podía escuchar lo que era. Fuera lo que fuese, conseguía que mi mamica sonriese, levantando un poco la cabeza y secándose las lágrimas. Entonces me parecía que era guapísima. Más guapa que cualquier otra madre.

Llegó el día de irnos todos del pueblo.

Era muy temprano cuando las campanas empezaron a tocar. Nadie se acuerda, pero fui yo quien ayudó al cura a tocarlas. Me levanté temprano, mojé pan seco en aceite y salí para la iglesia. El cura, que siempre llevaba unas gafas con una cuerda en el cuello que hacía que no se le cayeran al agacharse y tenía una barba así como la de Don Quijote y fumaba mucho y era muy delgado, me estaba esperando. Subimos a la torre juntos y toqué las campanas por primera vez, con mucha fuerza. Yo agarraba la guita esa tersa y áspera que acababa en una de las dos campanas. Tiraba tiraba tiraba y nunca había hecho tanto esfuerzo en mi vida. Es verdad que al principio no sonaba mucho la campana, pero luego tronó como necesitábamos que tronara y el cura sonreía y se le movían las gafas un poco colgadas de la cuerda esa. Tira más fuerte, zagal, que se entere todo el mundo, decía con el acento finolis de Madrid o de donde fuera que tenía.

Teníamos que tocarlas mucho rato porque nadie podía quedarse atrás. No podíamos dejar en el pueblo a los dormilones o a los vagos, a los sordos o a los borrachos que dormían la mona en la calle.

Teníamos que irnos toícos toícos.

Cuando las campanas dejaron de tocar, nos fuimos organizando en carros y carretas, tiraos por caballos fuertes o bueyes, incluso por algún borrico. Y los que tenían un poco más de parné iban en un par de furgonas descascarriás y los que tenían más parné que todos los demás, que eran los cuatro de los cortijos, iban en un par de coches grandes a los que habían atado unos remolques. Nuestro querido alcalde tenía una voz muy fuerte atemperá por el licor y los cantes a deshoras. De esas que pueden atravesar paredes. De las que se oyen aunque esté uno muy lejos. Así que él nos ordenaba cómo avanzar, en qué dirección. Creo que era el único que sabía dónde estaba el nuevo pueblo. Por eso y porque era el alcalde, nuestro querido alcalde colocó su furgona la primera.

Yo iba mirándolos a todos.

Los de los cortijos habían conseguido que los más pobreticos del pueblo les llevaran las cosas en sus carros y así había familias que no habían cogido nada porque les habían pagado por llevar las cosas de otros. Y había unos que iban tan panchos fumando, mientras otros iban apelotonaos en los carros porque llevaban sus cosas y las cosas de los demás. El mundo está mal repartío, decía mi padre siempre en voz baja, que aquí los de parné tienen mu mala hostia, repetía.

Y había una familia, la de los Abadía, y Enrique Abadía, que era el padre, decidió que había que dejarlo todo y no llevar nada y no mirar atrás y esperar que algún día a lo mejor fueran ellos los de parné y en la siguiente inundación, si es que la había, alguna familia les llevara todas las cosas nuevas en los carros de los que fueron una vez como ellos. En realidad los Abadía nunca tuvieron nada en el pueblo, así que no dejaron nada atrás. Y no tuvieron nada al llegar.

Yo miraba a los más viejos: no sabían si llorar o no. Si estar contentos o tristes. O no estar de ninguna manera y apechugar y palante como siempre han hecho. Algunos ya estaban borrachos a base de trincar un sol y sombra tras otro. Les daba por cantar tangos de Graná como si estuviéramos en una romería. A veces parecía una fiesta, a veces un entierro. Las señoras más dignas y emperifollás, que se vistieron como para ir a misa y no para viajar en carros llenos de mierda y de polvo, se santiguaban cuando había algún meneo de un carro o una furgoneta. Y la Gazpacha que tenía lo menos cien años llevaba el retrato grande del Gazpacho bien sujeto al pecho, apretaíca y con los billeticos ocultos en el refajo, no fuera a ser que alguien se los quitara.

Y luego estaba lo de Tomás el de la Teresica. Que lo llamaban así porque había vivido con su madre después de enviudar muy joven cuando la Joaquina que era su mujer se murió de una cosa mala. Y él se fue a América y luego volvió del Uruguay y volvió bien de jurdeles y con eso se compró su roalico de tierra. Y quería estar tranquilo. Y nunca se volvió a casar y todos decían que estaba tocao del ala por lo de la Joaquina. Por eso y porque había rechazado el millón y medio de pesetas que le daba el Mopu por la tierra nueva y por la que dejaba atrás. No he trabajado en el Uruguay y luego esta tierra con mis manos callúas desde hace tantos años ni he vivido de niño aquí para cambiarlo ahora tó por un millón ni por dos. Y escupía, puag, aquí murió la Joaquina y aquí muero yo. Y no hubo manera de convencerlo para que cogiera ese montón de dinero y se viniera con nosotros. Aunque tampoco se quedó allí. Se le perdió el rastro una semana antes de tocar las campanas y algunos dicen que se colgó de un árbol del monte y que acabaría debajo del agua con todas las cosas viejas.

Al lado de mi carro durante el camino fue el carro de Eleuterio el Panaero, su señora bien gordica y sus dos niñas, una de mi edad y la otra más zagala. A veces me daban tortas salaíllas que habían hecho para el viaje en el horno antes de despedirse de él con la llantina. Las tortas estaban buenísimas, bien tostaícas, y mi madre siempre me decía: dales las gracias no seas. Nos estuvimos poniendo caras raras todo el viaje las niñas de Eleuterio el Panaero y yo, y sacándonos la lengua. No fue tan aburrido como pensábamos el viajecillo ese.

Luego yo miraba a mi madre. A mi padre. A la gente. A las señoras y a los señoritos, a los desgraciaos y a las mozas, a los viejos y a los zagales. Y a veces había un silencio profundo como el que hay un ratico antes, justo antes de que cante el gallo por las mañanas: ese silencio que es triste y tranquilo como una buena siesta o como la muerte debe de ser.

A pesar del vino y de las salaíllas y de que el viaje no era muy largo. A pesar de que los terrenos del pueblo nuevo estaban cerca y en realidad a lo mejor no era para tanto. Y a pesar de que en el camino se escucharon a veces risas y cantos y cháchara y todo eso, a mí me parecía que todos iban con la misma sensación. Con el mismo miedo. Con la misma tristeza.

A dónde vamos. Qué nos espera.

Cómo va a ser la vida a partir de ahora. Como si eso se pudiera saber, ¿verdad?

No hubo ningún herido. Nadie se quedó perdido.

El pueblo quedó atrás.

Aquella mañana, cuando ya nos estábamos moviendo y preparándolo todo y no nos quedaba mucho para irnos, yo tuve un sueño. Bueno, no fue un sueño porque no estaba dormido. No sé cómo se llama eso. Como esas veces que imaginas cosas pero no tienes que imaginarlas tú porque vienen como solas. Sin pensarlas.

En este sueño, o lo que fuera eso, el pueblo estaba vacío. Vacío y en silencio. Todo el mundo se había ido. Yo salía de mi casa, nerviosico perdío, empapaíco en sudor, y veía las carrozas alejarse, muy lejos.

Se habían olvidado de mí.

Yo no gritaba pidiendo ayuda. Ni lloraba. No estaba asustado ni nada de eso. Me quedaba allí. Y pensaba que, bueno, en realidad tenía suerte porque me hubieran olvidado. No iba a ponerme triste porque yo había nacido en el pueblo y quería quedarme en el pueblo y no irme a otro diferente. Podría esperar al agua tan tranquilo. Y convertirme en un sapo de los de la orilla del pantano. Dar salticos, croac, croac, ser verde y tener los ojos muy grandes y poder hinchar un poco la boca. O ser un barbo: me encantaría tener escamas y aletas y poder nadar todo lo que quisiera sin ahogarme. O a lo mejor podía convertirme en un trozo de árbol de los que quedaron hundidos bajo el agua, como el de Tomás el de la Teresica. O ser una roca y musgo. Formar parte del pantano como el propio pantano.

Así que paseaba por el pueblo.

Paseaba y paseaba y paseaba.

Iba desde las lindes de la ladera por donde bajaría la corriente hasta lo que iba a ser agua y ahora era valle. Había algunos almendros, higueras, nísperos. Me agachaba a coger los huesos de los albaricoques que se habían caído y nadie había recogido. Se habían secado por culpa del sol. Jugaba a tirárselos a los pájaros que me miraban desde las ramas. Y a algunos les ponía trampas hechas con alúas. Había verderones y chamarines. Y cuando los pájaros se cansaban de mí y de mis trampas cantaban un poco y salían volando y yo los veía perderse en el cielo. Qué libres, qué felices.

Seguía caminando.

No me cansaba como se cansa uno cuando pasea estando despierto. Soñando se puede caminar sin cansarse. Me hubiera gustado volar como los verderones y los chamizos, pero imagino que no tengo tanta imaginación como para eso.

Paseaba por un sitio en el que mi padre me decía que habían plantado una vez maíz. Hacía mucho mucho tiempo de eso. Usaban la farfolla para el relleno de las camas porque no tenían pesetas para hacerlas de lana. Las camas esas eran incómodas y picaban un poco.

Me daba una vuelta por la acequia del Molinillo y por la Rambla del Limón. Respiraba el aire bien fresquico de esa mañana que iba a ser la última mañana.

Luego miraba las fachadas de las casas. En algunas habían vivido amigos de la escuela. El Negro, que siempre se meaba en clase. Héctor, que casi no venía porque echaba los días en la parata con sus padres y sus hermanicos y luego nos regalaba garbanzos. El hijo del Ditero, al que llamaban el Ditero chico y que llevaba siempre la misma ropa comía de mierda. O el Fran, que era mi mejor amigo. Una noche después de Moros y Cristianos yo me quedé a dormir en la casa del Fran. Mientras paseaba por el pueblo vacío miraba la ventana desde la que aquella noche hacía mucho nos asomamos ya muy de madrugada a ver a las parejicas que se escapaban del baile a pelar la pava y a meterse mano. La ventana estaba ahora tapada por tablones de madera. Nadie volvería a mirar de refilón la mano perdida dentro del jersey de la novia de un zagalico salido y emocionao.

Luego me fijaba en los letreros de los negocios, pintados a mano por sus dueños. Entraba en el colmao de Rosa que era donde siempre comprábamos. Cogía cañaduz metiendo la mano en el tarro de cristal y llenándome los bolsillos. Como no soy un ladrón, dejaba unos duros para pagar, aunque no estuviera la Rosa ni su hermano bizco al otro lado del mostrador.

Pasaba por la consulta del practicante que tanto había odiado y donde me sacaron una muela. Pasaba por las puertas de las dos tabernas donde algunos hombres habían muerto. Entraba en una de ellas. Miraba las botellas de anís y de vino. El suelo estaba lleno de huesos de aceituna secos. Alguien había dejado olvidada una guitarra en una mesa. Le faltaba una cuerda. Yo le quitaba un poco el polvo y pasaba las manos por encima de las cuerdas, craaaaan, haciendo que sonaran un poco.

No iba a mi casa: me daba miedo quedarme atrapado más por los recuerdos que por el agua.

Cansado de dar tumbos, me acercaba a la iglesia. Estaba vacía. Caminaba por uno de los laterales, intentando no mirar la imagen del cristo que tanto miedo me daba. Esa mirada fija, el gesto de dolor, los brazos extendidos y los clavos en las palmas, las heridas en el costado hechas con madera y pintadas de rojo sangre. Subía por las escaleras dándole la espalda, hasta el campanario. Igual que hice para tocar las campanas e irnos. Hacía un viento frío muy agradable. Cuando me asomaba abajo, me despeinaba un poco y me daba en la cara.

Y desde allí arriba veía llegar el agua. Bajando e inundando todo el pueblo.

Arrancaba de raíz los arboluchos más débiles, los arbustos. Arrastrando a su paso a los animalejos despistaos, las piedrecicas del camino, los pequeños objetos abandonaos en el suelo, a la entrada de las tiendas o de los hogares: el balón de un zagal, la cuerda de saltar de una zagala. El agua entraba por las puertas de las casas como invitados a los que uno no puede echar. Destrozaba las ventanas y las arrancaba de sus marcos. Se escuchaba el ruido de los cristales rotos y la madera desgarrada. El agua tenía una fuerza que yo nunca había visto ni cuando había mucha tormenta y todo el pueblo quedaba embarrado.

La corriente destrozaba las molduras peor construidas. Subía por los árboles más fuertes, trepando como si fuéramos los niños del pueblo en los domingos. Tragándose árboles y casas y tiendas, y dejaban de ser árboles y se convertían en algas, ya no eran casas o tiendas eran ballenas. El agua no dejaba nada a la vista. Todo quedaba sumergido. El colmao de Rosa, la casa del practicante, las tabernas. Y el cuartel de la Guardia Civil donde yo nunca había entrado y que parecía un castillo de los de los cuentos y daba el mismo miedo. Y hasta la parte baja de la iglesia estaba llena de agua como otras veces estaba llena de beatas. Y subía por las escaleras que yo había subido hacia el campanario. Y subía y subía sin pararse. Yo pensaba que iba a llevarme por delante como al resto de las cosas. En el último momento se detenía. Lenta, tranquila. De repente estaba la corriente en calma. Había cumplido su propósito. El campanario y las copas de los árboles más robustos eran lo único que sobresalía de la superficie.

Allí me quedé atrapado. Abajo el pantano oscuro. El agua turbia a mis pies.

Y mi casa bajo ese agua: oculta. Como un secreto.

Veía salir a flote, por momentos, las mesas y las sillas cojas. Mi vieja cama, arrastrada con mucha fuerza. Y pronto todo era fango negro. Pegajoso. Como si fuera miel oscura y negra. Igual que si el cielo cerrado de las noches de invierno se hubiera vuelto de barro y hubiera caído a la tierra y cayera como una plasta. Plaf.

Y en medio de esa especie de océano de agua negra sucia y turbia veía aparecer cada tanto para volver a entrar en el agua el hocico marrón con manchas del pobrecico mío de Tango. Le veía asomar la cabecica antes de perderse de vista otra vez. Sus ojos negros brillantes. La marca en forma de estrella bajo esos ojos. No tardaría en quedar él también debajo el agua y no trotar ni cabalgar ni salir nunca más.

Entonces sí que me daba pena y lloraba un poco, aunque fuera un caballo viejo al que no le quedaba mucho por vivir.

Aunque lo que más triste me ponía, lo que me hacía llorar de verdad, con rabia, era ver cómo desaparecían bajo el agua mi tarro de dulces, las ramas con las que jugaba al Cid Campeador, mis dos osos de peluche o las mantas llenas de remiendos que habían bordado mi mamica y mis tías.

Todas las cosas que según mis padres no tenían ninguna importancia.

* * *

A nadie se le ocurrió un nombre para el pueblo nuevo y la gente empezó a llamarlo como el pueblo viejo. Y así se quedó. El colmao de Rosa, las dos tabernas, el cuartel de la Guardia Civil, la consulta del practicante y la iglesia, todo ocupó más o menos el mismo lugar que tenía antes. Encargaron una nueva talla del cristo que era igual que la anterior pero con una cara menos de dolor. Mis amigos ocuparon sus habitaciones más o menos en los mismos lugares que estaban antes sus casas. Aunque yo cada vez iba menos con ellos y más a currelar con mi parecico. Y con el tiempo dejé casi de tener amigos.

A nosotros nos dieron una casa que no era ni más grande ni más pequeña que la otra. Mi habitación daba al granero y era bonita. El sol despertaba al gallo y el gallo me despertaba a mí. Esas primeras noches soñé siempre lo mismo.

Mi caballico. Mi Tango. No se había ahogado. No estaba viejo ni cansado. Estaba más joven, más bonito que nunca. Y ahora pastaba y respiraba debajo del agua lo mismico que un pescao. Iba al trote como si nada, entre los árboles hundidos y las fachadas de las casas. Y volvía a correr por delante de las tabernas hasta el campo. Era el único ser vivo que habitaba en mi pueblo bajo el agua.

A las semanas de irnos, el papá compró un par de caballos jóvenes y gordos. Me trajo cañaduz los primeros días porque yo me había portado muy bien durante el traslado. O eso decía él.

La cama de la casa nueva también chirriaba.

Retrato de un cazaor

Está de pie. Mirando al objetivo de la cámara. Al fulano que le ha hecho la foto.

Tiene una expresión serena, calmada. Como si estuviera en paz con el mundo. La frente llenetica de arrugas. El mostacho grande que se alarga sobrepasando el contorno de la boca hasta llegar casi al mentón. Antes los hombres llevaban esos bigotacos. La nariz grande, las cejas llenas de pelo despeinado. Los ojos un poco achinaos, entrecerrados por la solina. O quizá por el miedo que le daría ese aparatico negro, raro y desconocido que le estaba apuntando. Como si fuera un arma del futuro. Aquella fue una de las primeras fotografías que se hicieron en el pueblo.

Lleva un sombrero oscuro. Inclinado hacia un lado. Media cara en sombra. Dos moscas bien gordicas se han colado en la foto. Parecen manchas negras atrapadas entre el cielo blanco —que es en realidad un gran cielo amarillo— y el aparatejo demoniaco que es la cámara. Bajo el chaleco negro, una camisa clara, quizá fue blanca en algún momento; abotonada hasta el cuello. Por dentro del pantalón. Un trozo de metal sobresale de uno de los bolsillos. No sabemos si es la cadena de un reloj o solo un poco de chatarrica de la que solía recoger. Una buena pistola en el cinturón, junto a las balas. Otro cinto de cuero grueso, atravesándole el pecho y cargando una escopeta a la espalda de la que vemos el cañón apuntando al cielo.

Tiene los calzones muy sucios, llenos de manchas de barro, mierda de caballo o de vaca y sangre reseca. Como las manos, que tiene cruzás a la altura de la cintura, en una postura que quiere parecer seria, formal. En realidad lo que busca es disimular ante la cámara: quiere esconder a la criatura salvaje que lleva escondía muy dentro de su pecho.

Dos botas curtidas a la solana. Se han pateao el desierto las boticas esas parriba y pabajo. Ha caminado como caminaban antes los hombres de estos lugares. A veces sin rumbo preciso. Dejando atrás una casa. A la que se puede no volver y a la que se echará de menos. Buscando algo que no tiene nombre aunque salga con nombre en los libros. Olisqueando el aire como bestias. Siendo hombres que al serlo ya tienen la marca de un sufrimiento, una maldición: un dolor.

Segundos después del disparo, clic, las manos comenzarán a moverse nerviosas como siempre, a buscar un jabalí al que matar, una gineta a la que abrir con el cuchillo. Romero para los guisos y alcaparricas para guardar en salmuera.

Unos pocos meses después de este retrato nacerá su única hija.

Era el quinto de una familia en la que siempre hubo encaros, trabucos y pistolas. Los niños jugaban con ellas, los padres las usaban y los viejos las dominaban. Como en el pueblo la gente no era muy lista los llamaban los Pistolicas. A todos les seguía ese apodo tras el nombre. Siempre el Pistolicas. Era un buen apodo, a pesar de no ser muy elaborado. Eran buenos cazando y cocinando la caza, vendiendo y jugando. Eran listos y cuidaban de sí mismos como una manada de lobos acorralá.

En la foto, el cazaor sujeta por las riendas un caballo negro que compró en Los Gallardos. Un caballo grande y hermoso, con una mancha blanca en el hocico. Nunca tuvo nombre. Un animal lleno de dignidad, que ignora todo lo que le rodea y agacha la cabeza. Un animal joven pero cansado, igual que yo, que escribo estas palabras a un fuego que no calienta lo suficiente y que, por más que busque, se va apagando sin que pueda añadir nada que lo avive.

Sin más comida que cuatro mendruguicos de pan malamente mojados en vino. Sujetando el rifle con la otra mano, el dedo en el gatillo como el cazaor, mirando a una puerta que puede abrirse en cualquier momento.

Cuando pagan a un hombre por matar a otro lo primero que se aprende es a no preguntar. Ni nombres ni motivos. Igual que el cazador no se cuestiona el motivo de disparar a ese jabalí, de sacarle la piel a esa liebre que alimentará la olla con gurullos horas después de desangrarse. Matar se convierte en algo que uno hace como si bebiera anís: calienta el cuerpo porque lo alimenta.

Me he acostumbrado a ese dolor fuerte en el pecho que el practicante asegura por mucho que le pregunto que no es nada grave. También a mirar en la oscuridad y ver las cosas igual que las ve un gato: nítidas. Busco en sueños, cuando duermo, un cuerpo, siempre el mismo. Un cuerpo abandonado tiempo atrás, al que nunca se ha regresado. Aunque la piel seca de las manos ya no conoce más que el tacto del metal del gatillo y la madera de la empuñadura de la navaja.

No quiero ni espero nada.

Hay más en el retrato.

Sobre el caballo descansa una enorme pieza inerte, recién cazada. Era veloz, pero ahora está muerta y vemos sus ojos sin vida y notamos el peso muerto que el caballo soporta sin queja alguna. A los pies del hombre del bigote intuimos aunque no vemos el resto de las presas atrapadas durante la jornada. Animales rápidos y fuertes, de grandes patas, que han corrido sobre la arena o se han escondido bajo alguna palmera y que, aun así, han caído.

Siempre acababan cayendo.

Podemos imaginar el olor a carne quemada al fuego unos días después. Y más tarde los huesos añadidos a un guiso, con un puñao de trigo, unos garbanzos y una miaja de hinojo. Compartido por la noche en un lebrillo con esa niña suya que ya no es tan niña y que creció lejos del cazaor y sin madre. Una cuchará tú papá, otra yo. Esa niña que ya es su única familia: joven y sola y cansada. Nunca tendrá hijos esa hija y así se acabarán los Pistolicas de estas tierras. Si ella hubiera encontrado su tumba sería la única que lo velara. Y serían dos cuerpos velados: el suyo propio y el de su padre. Ambos, padre e hija, la cubierta en cuero rojizo con letras grabadas que abre y cierra un libro que es una vida.

Yo no soy un hombre muy diferente al Pistolicas. En lugar del bigote gris, una barba densa, con tonos rojizos heredados de mi madre. Menos arrugas en la frente, algunas en los ojos, enmarcando una mirada más triste que la del Pistolicas. Una camisa sucia que no me he cambiado en varios días. La piel pálida y llena de lunares un poco enrojecida por el sol. Un pañuelo al cuello con el que me seco el sudor. Las botas destrozadas de andar. Los pies fríos.

Y sobre el caballo, en lugar de un animal de pelaje hermoso con los ojos muertos, cargo el cuerpo del hombre con el pecho cosido a navajás; un hombre al que he cazado y torturado en esta misma sierra y que llevo de camino a su tumba, que cavaré entre torviscos y jaras pringosas.

Un cazaor convertido en pieza de caza.

Unos murcianos que me conocieron cuando éramos niños y fingen que no saben quién soy me han pagado por hacerlo. Una parte al salir del pueblo. El resto ahora, cuando la cara de este hombre ya es un amasijo de sangre y carne deshecha y se le puede identificar por su olor y por las pistolas, que llevan su nombre grabado en la madera de la culata.

He entrado en el pueblo por la noche.

El cuerpo del desgraciaíco que llevo a caballo ha ido dejando un reguero de sangre. Dos gatos monteses lo han seguido hasta que me he girado. Se han asustado y han corrido. Hacía mucho que nadie veía gatos monteses por aquí. He evitado la calle mayor. Me he movido bien, silencioso, como hago siempre que entro en pueblos en los que no he vivido.

He pasado junto al cortijo construido piedra a piedra por el cazaor del retrato. Está al lado de un molino. No he levantado la cabeza. No he escuchado ni risas de niños ni llantinas de vieja. No he sabido qué pensar ante ese silencio que me ha parecido un poco cruel. He pensado en un caserón vacío que yo también dejé hace años. En un cuerpo abandonado en la cama, una voz que repite mi nombre, un tacto al que nunca volví. Los recuerdos que tengo de ese rostro me van abandonando. Me pregunto qué fuerza misteriosa nos arranca de los hogares y nos lanza así a los campos, armados y con el rostro apretado: dispuestos a matar antes de que nos maten.

He pensado en un fuego encendido en esa casa. He sentido el mismo escalofrío ese que me quita toícas las ganas de comer. Ese escalofrío que me viene bien cuando cojo una navaja grande y me acerco a un hombre tirado en el suelo. Tiene un balazo en el pie, y está llorando y suplicando que lo deje irse. O al menos que no lo torture.

El escalofrío me libra de todo. Puedo coger al hombre, sentir las lágrimas saladas cayendo sobre mis manos de estatua y sujetarlo, con fuerza. Y aún vivo, clavar con mucha fuerza la navaja y arrancarle la piel del pecho o de los brazos a tiras.

He matado al cazaor y será la última muerte que me cobre. Aprenderé a vivir en los montes sin necesidad de más sangre que la de los bichos que atrape por las noches y de lo que pueda comprar a cambio de lo que sepa vender. El miedo que tuvo ese hombre a las fotos es el miedo que siento yo ahora: clic, he sido el objetivo del aparato negro y he ejecutado, clic, el disparo final.

Como me suele pasar, los hombres que me han contratado intentarán engañarme a la hora del pago. Entonces sacaré la pistola y se la meteré a alguien en la boca. La aguantaré dentro de la garganta de un murciano chaparro que acabará por echar la pota.

Y al final, como me suele pasar, asustados, me pagarán un poco más de lo acordado y nunca volverán a llamarme. Un vendaje sencillo curará la herida de mi pagador, que escocerá unos días y luego desaparecerá para siempre, sin perdurar siquiera en el recuerdo.

Me subo al caballo y me alejo del pueblo.

En la única fotografía de ella que conservo, está disparando con un arco.

LA JACOBA, QUE LEÍA EL FUTURO

¡Grabiel!, se escuchaban los gritos por los campos. Entre los higos chumbos y las palmeras: ¡Grabi! ¡Grabielico mío! ¡Grabielico, ánde estás, que no te veo! ¡Grabiel!, gritaba la Jacoba por lo alto de las cuevas, por los balates.

Chillaba. Gritaba. Lloraba desesperá la Jacoba.

Empezaban los ladridos de los perros. Los llantos de los zagales. Despertando a los currantes de las aldeas, a los desgraciaos de los caminos. Con su voz grave, igualica a la cueva donde más que vivir dormía. Rompiendo las tardes amarillas y las noches negras con esos gritos desesperaos.

Pobretica la loca de la Jacoba, con su pena a cuestas. Abriendo en canal el día, dejando en carne viva la tierra. Así semanas y semanas hasta que llegó una madrugá oscura.

El Fali y Robertico el de Águilas, los dos guardias civiles, la encontraron tirá en mitad de la carreterilla esa que lleva a las Negras. Dejando atrás el desierto. Arrastrándose como un lagarto delante de los faros de la cascarria de furgoneta que conducían los civiles. Ya olía a mar.

Las uñas clavás en la tierra. Arañazos en los brazos y en las piernas. El pelo sucio que le apestaba a vinazo. Y algo que parecía barro o ceniza o pintura negra en la frente y en la cara: palabras escritas con esa mierduza oscura que ni el maestro de la escuela ni el poeta loco de Caniles, ni siquiera los dos cantaores que más letras se sabían pudieron entender cuando les enseñaron las fotos.

¿Qué decían esas letras juntas sin sentío, Jacoba? ¿Qué embrujo escondían? ¿Qué encantamiento, para quién y cuándo, si ya había pasado todo lo que tenía que pasar, Jacoba?

Tenía la cara llena de sangre. Le caía desde los ojos. Como las vírgenes esas que lloran rojo oscuro.

Con lo que le quedaba de voz no dejaba de repetirlo. Grabiel, Grabielico mío, ánde estás.

Nadie sabía su apellido.

Si es que lo tenía.

Porque con esa carica negra escondida entre los pelos a veces parecía más hija de una loba que de una mujer. De esas lobas que había antes por la sierra: algunas veces se habían colado por las noches en las cuevas y se habían llevao a los niños.

O se los comían allí mismo, en la puerta de la cueva, hasta no dejar naíca más que huesos y un poco de carne mal pegá que horas despué rapiñaban como podían los cuervos.

La Jacoba recibía en su cueva.

El parné por delante. No vayamos a líos. Una vez bien guardao en el refajo, pasa, ¿quieres un poco de infusión de tomillo? ¿Una botellica de cerveza? Los papaviejos los hago yo y me duran toa la Pascua. El fulano o la fulana de turno le pega un mordisco a la masa frita, bañada bien en azúcar, y se sienta en una silla de anea como las de los tablaos.

En la cueva hace frío cuando afuera hace calina y el calor protege dentro cuando afuera hace un rasca de pelarse.

Al principio, las mismas preguntas: amoríos y chuminás. Una que llega enamoriscá y quiere saber si el otro pues eso; el que no ha catado gachí en años, más feo que Picio, preguntando que si sigue pelando la pava con la zagala del colmao o mejor se cuelga ya de un olivo de los de Fernán Pérez. Esas cosas de la vida. Lo que llaman las cosquillicas del cuerpo.

Luego, temas de lindes y de jorfes, claro: que si cortijos a medio repartir entre hermanos que no pueden ni verse, que si mi primico el mayor me debe cinco pellejos de aguardiente y quiero sabé si me los va pagá, que mis aperos están en casa del señorito y no me los quiere devolvé. La Jacoba llegaba donde no llegaban los curas. Apañaba lo que no apañaban los guardias civiles como el Fali o Robertico el de Águilas.

Algunas veces, que si mi hermana está mu malica de sus fiebres, que qué le doy, pues anda y toma un poco de marrubio; mi Joselico, ay, que me devuelve todo lo que come y por las noches venga a dar vueltas en la cama y por las mañanas cagalera antes de irse al campo o a la obra o a los dos y está consumío y sequico, pues dale una miaja salvia; Jacoba, lo tengo todo comío de caracoles, pues, mujer, quema un trozo grande de madera y tiras la ceniza y ya verás cómo se van los caracoles.

Cosicas del día a día del campo, que es como decir del día a día de todas partes.

Luego había días peores. Días malos. Malos de verdad.

Salían las mujeronas de los cortijos llorando de la cueva, los hombres pálidos, y algunos forasteros a los que no se les veía más el pelo por aquí.

En uno de esos días, la Jacoba te sujeta la mano. Te mira. Se te clavan esos ojos negros como las garras de un lince. Te aprieta bien. Ay, Jacoba, me duele. Calla, niño. No te suelta. Sientes esas uñas largas suyas clavás en la piel.

Y algo ve, en esa mano.

Algo ve, que si es bueno te lo dice; y si es malo, se lo calla. Y si le das más parné, a lo mejor te lo cuenta diciendo siempre lo mismo, esto que sale aquí no me lo invento yo, es lo que hay y no hay naíca que hacer. Y entonces te jode la vida la Jacoba porque ya sabes lo que te va a pasar y sabes que no puedes hacer naíca porque la Jacoba lo ha visto en tu mano y eso quiere decir que va a pasar. Y a veces, por intentar que no pase lo que dice la Jacoba que ha visto en la mano, hay gente que ha acabado peor de lo que se veía en la mano.

Y no se sabe de nadie que haya escapado nunca de lo que decía la Jacoba que leía en la mano.

Eran malos esos días. Eran peores las noches. La Jacoba quedaba mordía por dentro: con una punzá en la cabeza como la que deja el anís después de una noche de jarana, destrozá por un tigre que empezaba a comérsela y dejaba las tripas secarse al sol; con sangre resbalándole por la nariz hasta los labios.

Con ese mismico sabor a sangre en la garganta. En los dientes. En la lengua.

Se tumbaba y no daba un ruido. Se quedaba dormía cuando cantaban los gallos.

Y soñaba que era una loba.

Pesan los años entre cuatro paredes con desconchones. Y si uno entra con veinte parece que sale con cuarenta, aunque salga con veintitrés. Ese tiempo estuvo el cojo Grabiel metido en el penal de Guadix: tres añicos enteros con sus veranos y sus Pascuas. Ni rastro quedó del zagal que era Grabi antes de esos tres años de fatigas.

El cojo Grabiel no era cojo.

Aunque su padre sí. Y se quedó con el cojo Grabiel para toda la vida. Era un hombre guapo. Arrugao por el sol. De zagalico se le veía por los alijares. Retorcío como un olivo viejo, recogía judías y berenjenas con el desgraciao de su padre. Otras veces ayudaba con el tropel de ovejas de un tío suyo que era pastor y al que mató un rayo. O doblando el lomo como un peón caminero de los que cultivan cebada.

A los dieciocho se le hincharon los cojones de tanto sol y tanta espalda reventá y tanta mierda oveja y se fue a Almería con su compadre Rojo el Alparguetero y una escopeta de cañones recortaos.

Pegaban dos hostias, cuatro tiros al aire y salían por la puerta de donde fuera con una bolsa de Deportes Trevenque llena de billeticos ricos. Cuatro tiros al aire y una bolsa con buenos jurdeles que olían a colonia de señora y a cabello de ángel. Para fundírselos en vinazo, gambas rojas de Garrucha, una furgoneta o en la casa la Petro, que era la que mejores gachís tenía.

Les daba igual.

Podía ser un banco en Carboneras, una fonda de un pueblico de esos de interior llenos de degraciaos sin dientes a los que no iban a volver a ver nunca, algún cortijo de un señoritingo cabrón, y una vez una furgoneta con dos despistados de Barcelona que nadie sabe qué hacían por estas tierras secas. Ya no creo que vuelvan después del mal rato que pasaron, le dijo Rojo el Alparguetero al cojo Grabiel partiéndose el culo de risa y empinando otra. Echa ahí ese anís y ponte unas olivas, copón.

Les gustaban tela los coches.

Los arrancaban sin usar la llave. Rápido y ligero: juntaban dos cables pelaos y eso prendía candela que daba gusto. Quemando rueda por las calles de los pueblos. A veces por los caminos del desierto. Levantando una polvareda que parecía una tropilla de caballos moros. Ahí van los tropilleros, bromeaban los viejos y los niños. Los tropilleros pacá, los tropilleros pallá y la Guardia Civil hasta el cipote de los tropilleros, ni que fueran Robinjú, me cago en sus muertos, que han dejao ciego de un ojo al dueño de una joyería de Baza, capital de comarca, que es medio cuñao del gobernador civil, me cago en sus muertos los tropilleros.

Les pirraban los coches.

El Renault 8 el que más. Eso de que era el coche de las viudas era una mentira como una casa. Quien decía eso no había escuchado el rugido de aquel Renault. Gobernado por el Grabiel dándole misto parecía igualico que un animal salvaje en una jungla como las de Sandokán. Qué rugido. Como un tigre agazapao. Alerta. A punto de atacar.

A veces el Grabiel se levantaba él solo uno de esos Renaults por el gusto que le daba escucharlo.

Lo llevaba hasta mitad de un campo seco y allí se quedaba el cojo. Los ojos cerrados y el motor encendío: y venga a darle runrún. Y venga a darle mecha para escuchar el motor, que lo iba adormilando poco a poco. Para él era tan bonito ese runrún como el rumorcillo de las olas en la playa de las Negras. Tan profundo como el levante soplando entre las chumberas. Igualico a aquellas veces, pocas, en que, siendo zagal, se echaba la siesta en el bancal y pasaba una cascada de golondrinas camino de vete a saber dónde. Qué suerte tienen que se van de aquí, pensaba el zagal que una vez fue el cojo.

Luego Grabiel dejaba el coche arrumbiao de cualquier manera en una rambla. A su suerte. Como abandonan los pastores a los perros.

Era raro el cojo Grabiel. Era raro en esto de quedarse solo sin decir ni pensar en ná. Solo escuchando las cosas que pasaban. Era raro. No estaba cojo, pero tenía la tristeza de los cojos. No era feo, pero era melancólico como un maestro bizco de esos solterones de toda la vida. Le daba por cantar las seguiriyas con las letras más tristes. Sí que era rarico Grabiel. No tenía una quería en firme. Ni le dio una esclava de plata a una gachí, toma para que no me olvides. Ni en los tres años de penal echaba de menos los chochos ni se pajeaba como un monillo, como los demás zagales.

Apenas cató en su vida una cama bien calentada por los muslos de una moza. Le gustaba dormir en los jergones fríos, al raso; en el asiento de tela dura de aquellos Renault 8. Si acaso en la cama vieja que crujía de la casa de su abuelo Grabiel.

Qué raro era, la madre que lo parió.

Dos pasos afuera. La Jacoba muerta de calor respira hondo: otro tonto que quiere saber el futuro. Levanta la cabeza.

El cojo Grabiel entra por la puerta.

Hace ya años que salió del talego y ha estado varias veces a punto de volver a entrar. Ha dejado las escopetas y a Rojo el Alparguetero. Ahora se apaña Grabiel con una alfaca con el filo comío de mierda en mitad de los caminos.

Casi no saca jurdeles.

Poco se les puede quitar en estos caminos a los que pasan. Cuatro desgraciaos tirando de una carreta. Están más pelaos que yo, piensa el cojo, que ni saca la alfaca del cinto y solo dice buenas tardes nos dé Dios.

Mira las huellas que deja el carro en la tierra que hoy es barro porque ha llovido como hacía años que no llovía.

Le gusta el olor que deja la lluvia en el desierto cuando llueve. Esos días le toca dormir en fonda porque no se puede al raso.

La Jacoba mira al cojo Grabiel. Le parece un perro esmallao. Tiene la cara chupá. Saca la baraja de cartas. Le sirve un vinazo. Un cuenco de migas recalentás.

Grabiel se bebe el vino a traguicos lentos. Casi ni come. Más por vergüenza que por hambre. La primera carta, la segunda. Jacoba le mira las manchas de sangre en la camisa vieja. Sangre de robar gallinas. Esa sangre sucia y muy roja. Como las que tienen los zorros en el hocico después de pegarse un festín en un corral.

Otra carta. Otro trago al vinagrón. Un mordisco al único trocillo de tocino que ha echao la Jacoba en las migas. Están bien de sal y, aunque frías, tienen sustancia. Vaya mano tienes Jacoba para las migas. Y calientes te gustarían más, ¿otro traguico? Échalo, Jacoba, échalo.

Otra carta. El cojo no es de amoríos. No pregunta por gachís. Como está ya solo en el mundo no le interesan las herencias ni las lindes. Aunque está delgaíco y no come, tampoco se le ve malo. No quiere saber de médicos. Las cuatro heridas que tiene se las curó al sol. Y en el talego aprendió a no cagarse patas abajo con la comida mala.

Se le ha visto en la puerta de una fonda un par de días. Contando historias con los niños desnudos que meriendan moscas. Se ha paseado por el Campo de Dalías. Se ha enterado que cultivan tomates debajo de unas lonas de plástico. Le han dicho de meterse a currar con ellos, pero debajo de esos plásticos hace un calor que no se puede aguantar y bastante tuvo el Grabiel currando de zagal.

La Jacoba deja la baraja de cartas al lado del cuenco de migas. Dame la mano, Grabiel. La siente caliente. Firme. Las uñas sucias. La mira un rato.

Y le pasa algo a la Jacoba que no le había pasado antes.

Un latigazo: le sube de los tobillos hasta la nuca. Le recorre los muslos, le pega fuerte entre las piernas. Le rodea el ombligo. Le muerde hasta los pezones. Le atraviesa el cuello. Le sube por la garganta como sube el aguardiente. Le da en la punta de la lengua. En los dientes. En las encías.

Ha caído un rayo.

Jacoba mira la mano del Grabielico.

Y ya sabe lo que va a pasar.

Antes de partir peras con Rojo el Alparguetero y lanzarse a los caminos con la alfaca, a los tropilleros les dio tiempo a hacer de todo.

Sobre todo, a coger lo que no era suyo. Aunque tampoco era de otros. Los dinericos no son de naiden, no pueden ser, son de tós y si son de tós, pues se reparten entre tós. Y el trabajo qué, preguntaba uno, el que trabaja se gana el jornal. Mira el patrón que no trabaja naíca y gana más jornal decía el otro. Al trabajo que le vayan jodiendo al trabajo y vamos al lío que estoy cachondo como mula paridora y me has hecho acordarme de las horas echás en el campo, me cago en tó.

Así que entraban donde querían y se llevaban lo que fuera. Si era de uno como si no. Como aquella en la que se colaron en la casa del gobernador civil de Murcia, que era famoso por su bigote y por lo ligera de cascos que contaban que era su señora.

El bigotón estaba visitando no sé qué obra en Huércal. La casa estaba vacía a esas horas. Llenaron de guita la bolsa de deporte. Billetes, monedas. Se levantaron las joyas de la mujer del gobernador, que eran muchas porque eran del bigotes y de los otros amantes que tenía su mujer. Arramblaron con tres botellas de vinazo y una ristra de chorizos de chato que tenía el buen hombre colgada al fresco en el balcón de la cocina.

Después se fueron a unos campamentos que había al lado del Segura. Allí vivían unos pobreticos que antes tenían casa y el cabrón del río se la llevó en una subida. Los tropilleros, olé sus cojones, les dieron los chorizos y el vino a los del río. Y parte de la guita. Que para algo hemos dicho que el dinero es de tós.

Otra vez se llevaron un Mercedes Colas aparcao en la puerta de una gasolinera. Quemaron rueda hasta Graná. Lo dejaron en un descampao en las afueras y entraron a pie en la ciudad. La sierra se veía a lo lejos, con la nieve que quedaba como resto de una primavera fría.

Uno, dos, tres palos en una mañana. Puro fuego. Uno de los palos fue en unos almacenes que tenía muy buen género. Y vestíos de pimpollos y oliendo a colonia francesa se fueron directos a la Alhambra.

No hizo falta hablar en lo que les quedó de día.

Estaban en la gloria.

Se pusieron ciegos de cervezas y melón. Luego buscaron gachís. Ninguna como las de la Petro, pero bueno. Al alba le tiraron pa Málaga en otro coche robado que no era un Mercedes Colas. Disfrutaron del viaje: el airecillo de por aquí no es como el levante cabrón del desierto, decía uno. Sí que da gusto esta brisica en los pelos con la ventana abierta del coche que no era un Mercedes Colas.

Al llegar a Málaga estuvieron dándole al dáncin con unas suecas rubiascas rubiascas. Una le decía al Grabiel que tenía los ojos de un gato. Él no entendía nada ni falta que le hacía. Bastante que entendía el español que hablaban en la radio. A los dos días de parranda, se llevaron los bolsos de las suecas. Encontraron llaves, fotos de otros rubiascos y unos billetes grandes que no les sirvieron para nada. Los quemaron en la playa por el gustico que les dio ver arder billetes.

Luego unos espetos y pa casica, ¿no, Grabiel? Quién nos espera, Rojo. A mí no me espera naiden. Y Rojo miraba al Grabiel pensando: qué raro es y con qué cosas sale. Y alargaron la noche en la playa hasta que vieron a unos picoletos deambulando.

Lo del tren. Eso les salió mal.

Se habían empeñao en limpiar todo un vagón del tren que iba a Alicante. Con la mala suerte de que había un civil sin tricornio pero con muy mala hostia dormido en el vagón. Por poco no se van al otro barrio los tropilleros. El civil tiró a dar. Se tuvieron que arrojar del tren en marcha en un sitio que no era Murcia ni era Alicante y desde donde no se veía el mar. Volvieron a pata. Más callaos que unas putas. Hacía frío esa noche.

Y la habían visto cerca.

Y lo del cura qué. Se cruzan con un cura que viene comiendo polvorones en su coche tan a gusto. A Grabiel le da igual, pero Rojo el Alparguetero la tiene cruzá con los curas desde mozo. Por parguelas dice. Porque les gustan los niños chicos. Que a mí me tiraban de los rizos para rozarse con el paquete, Grabi, me cago en sus muertos el cura.

Entran en el coche.

El cura siente el hierro en la nuca: a tu casa. Y dame polvorones. En la radio villancicos y cuplés. Rojo el Alparguetero se canta uno y todo. Le pide al cura que cante. El cura no se sabe cuplés ni agarraos. Misa y a Dios gracias.

De la hincha que le da el cura, Rojo casi le pegaría un tiro. Hala. Un problema menos. O más. No lo hace. Si mata al cura, adiós a la buena vida, al dáncin y a la guita.

La casa del cura ocupa la parte de atrás de una parroquia. Es cruzar la puerta y Rojo el Alparguetero le pega un culatazo al cura. Cuando se despierta le cae otra hostia. Y así están varios días. Encerrados con el cura. En su casa.

Se comen su queso, su jamoncico y sus polvorones. Se beben su vino. Escuchan a los niños cantando el Gordo en el transistor. Celebran a gritos los premios. Como si llevaran décimos de cada uno.

Duermen en la cama grande del cura. A veces leen sus libros y no entienden ni una miaja de lo que hay escrito.

Bailan agarraos y más ciegos que tó cuando descubren un brandy regalo de no sé quién.

Luego se van.

Pensando qué bien vive el cura este cabrón con los polvorones y el pedazo transistor y el brandy sus muertos.

Lo de las suecas no acabó quemando billetes como se queman espetos en la brasa. A Rojo el Alparguetero no se le iba la rubiasca de la cabeza. Quería una sueca. El Grabiel le decía que bien, que vale, pero a qué coño irse a Suecia cuando Torremolinos se está llenando de suecas. Todos los días aviones a palás. Y Rojo el Alparguetero venga que no. Que Torremolinos mu bien, pero yo quiero ir a un sitio donde no haya guardias cabrones ni curas con transistores ni gobernadores civiles. No quiere tíos como el bigotones de Murcia que había mandao fusilar a desgraciaos hacía mil años y el premio fue un trabajo bueno, un traje y una mujer más puta que las gallinas.

Lo de la sueca fue a peor.

Rojo el Alparguetero tenía ganas de abrirse. Y le hizo una a Grabiel de las que no se hacen los amigos. Luego le hizo otra para quedarse con más guita. Grabiel se la devolvió. Un día se partieron la cara. Y cada uno por su lao. Me debes tanto, te debo una buena polla. Como te vea te cojo, no si te veo yo antes.

Pasa el tiempo.

A Rojo el Alparguetero se le pierde la pista. El cojo Grabiel empieza con eso de la alfaca y de robar gallinas. Se piensa lo de cultivar tomates debajo de los plásticos.

Un día se cuela en un tren camino Hospitalet. Allí tiene a su chacho Manuel. Vente que trabajo hay para el que lo quiera. Grabiel no lo quiere ni en pintura. Pero anda enamoriscao. Y el amor ya se sabe, necesita guita.

Sin billeticos no hay amor.

Así que para Hospitalet se sube el cojo Grabiel. A ser un hombre de bien.

En cuatro semanas algo de guita hace.

En mes y medio la bolsa de Deportes Trevenque que antes llenaba a escopetazos ahora la llena doblando el lomo en la fábrica de algodón.

Un día va por la calle.

Es tarde.

Un ruido: se gira.

Rojo el Alparguetero sale de ningún lado con una navaja hecha en Albacete.

Ay. La Jacoba lo ve todo.

Ya le gustaría no haber visto lo que vio. Se acuerda de que su abuelica Jacoba le decía que eso de ver el porvenir en las manos era como lo de llevar todas las zagalas de la familia el mismo nombre: una maldición más que otra cosa.

Una maldición. Que va en la sangre como el reúma o las piernas hinchadas.

La Jacoba lo ve todo en esa mano.

Ve los besos con el cojo Grabiel de esa primera noche. La ropa tirá en el suelo de la cueva. Las caricias y las palabras dichas al oído. El tango cantado en voz baja: gitana si me quisieras te compraría en Graná la mejor cueva que hubiera. Los planes de futuro hechos en la cama como dos tonticos. Los nombres de los zagales que tendrían dichos así por decir mientras se pela una naranja de las que llegan del Valle de tanto en tanto. El día entero tiraos al sol de los Genoveses. Las sardinas compradas a los pescaores de Adra. La madrugá al raso.

A la primera noche sigue otra: vamos a una pensión y deja la cueva, Jacoba.

Se amarra la Jacoba al cojo Grabiel y el Grabiel a la Jacoba.

Dos días en la pensión de Almería. Dos noches más. Tres, cuatro, cinco.

Grabielico mira la alfaca aparcada en la mesita de noche. Cerrá y limpia. Esa no es vida para darle a la Jacoba que bastante ha tenío con lo que ha tenío. Y después de más besos y más cosas, para Hospitalet que se va. A hacerse un hombre y traer porvenir. O a llevársela un día, que en Barcelona hay mucho negocio dicen.

La Jacoba ve en la mano al Grabiel haciendo dedo hasta Murcia. Coge un tren. Valencia a través de la ventana sucia. Luego Cataluña y sus fábricas. Una mujer le cambia los pañales cagaos a un niño y al Grabiel le da por llorar con esas cosas. Pensando en su Jacoba y en los pañales cagaos de los niños que tendrán.

Ay.

Grabielico mío, ánde estás.

Rojo el Alparguetero le clava la navaja en las tripas bien clavá. Asín te mueras.

Grabiel cae al suelo. Ni tiempo le da de soltar un puñetazo o correr. El golpe contra la acera lo deja medio atontao. Rojo se arrodilla con el tiempo que le queda: le vacía los bolsillos de monedas y billetes. La cartilla de la fábrica de algodón. Limpia el filo de la navaja en la camisa.

Un escupitajo al suelo.

Y por piernas: no se le vuelve a ver. No se sabe más de él.

Al escuchar del Grabiel por el primico de un primico suyo, la Jacoba se saca los ojos con unas tijeras. Deja la cueva y se lanza a los montes.

¡Grabi! ¡Grabielico mío! ¡Grabielico, ánde estás que no te veo! ¡Grabiel!

El Fali y Robertico el de Águilas encuentran a la Jacoba en la carretera.

Al entrar el invierno empieza a saberse de una loba. Que baja del monte y se lleva a los niños de las cuevas y de los cortijos.

Ay, Grabielico.

Ay, Jacoba.

Un burrico

El pueblo está vacío. No hay ni un alma.

El viento ha borrado a la gente. Las calles y las casas están abandonadas. Todo está cubierto de la arena del desierto. En lugar del silbidico del aire, fliiiii, se escucha una especie de grito muy débil: como si un cante añejo se hubiera quedado atrapao en un tarro. No suenan las cigarras en los olivares. El cielo no es azul como solía ni hay un sol amarillo y brillante. Todo está cubierto de una capa gris. Una niebla siniestra. Como si flotara en el aire la ceniza de las hogueras donde arden los muertos durante siglos.

Zarzas, pitas, pencas de las chumberas. Matorrales.

Como un intruso, el viento se cuela en una casa vacía. Atraviesa una puerta abierta, que alguien dejó olvidada en una huida que parece apresurada. Llena de terror. O entra por la ventana, a través de los cristales rotos.

Encuentra a su paso jarrones tumbados o rotos. Sobre una chimenea apagada, ropa aún húmeda que nadie ha recogido. Azúcar volcao sobre una mesa cubierta de polvo y en la que vemos las huellas de unas manos de niño. El viento recorre la cocina sin comida ni agua fresca, sube las escaleras ignorando el escalón hundido, torcido, de madera cascada.

No se detiene.

Sobre una cama hay tendido un vestido blanco con un lazo violeta a la altura de la cintura, esperando el cuerpo de una mujer joven. Revuelve una manta tirada en el suelo, arrugada e inútil. En la mesilla una carta a medio terminar. No hay rastro de la pluma ni de la tinta que ha escrito las palabras.

Afuera, el viento golpea los pocos letreros que encuentra.

Una señal de tráfico con una dirección y unos kilómetros, un colmao y el cuartelillo. Una iglesia que nunca fue turística. Se golpea la madera con un ritmo preciso que invita a bailar por soleares. En un despacho hay un remolino de papeles; se cae el cuadro de un antepasado colgado de la pared de un salón, el agua estancada de un pozo está cubierta por una capa oscura de polvo y unas poquicas hojas.

No hay niños ni mujeres, no hay vida ni dinero ni música.

Este es un lugar muerto y borroso. Es un fantasma gigante hecho con casas de piedra sin labrar, con polvo y suciedad.

* * *

Hay moscas.

Hay una fonda.

Frente a las puertas abiertas de la fonda, un burro.

Amarrado con una cuerda a un poste. Inmóvil. Soportando como puede el viento y el polvo y la solana. Respira.

El pelo gris. Sucio. Las patas cortas. Acaban en pelo más blanco aunque manchado de barro seco. Las costillas se le marcan un poco a través de la piel. Tiene el hocico grande y húmedo. Las orejas puntiagudas, una de ellas con una especie de mordisco.

Los ojos negros, abiertos, observando el polvo y el viento que azota el pueblo sin que pueda hacer nada ni moverse del poste. Ha intentado soltarse mordiendo la cuerda, que está algo deshilachada. Ha desistido, quizá a causa del hambre o del cansancio. Al cuello una herida por culpa de la cuerda y los tirones que da para desatarse. Se hace daño y desiste hasta que vuelve a intentarlo.

Es cabezón el burrico este.

Tiene una silla de montar preparada para cargar alforjas aunque no tiene ninguna. Bajo la montura, una jarapa que parece de Pampaneira, de un azul muy claro, sin dibujos, también llena de barro.

En el suelo del porche, a la entrada del bar, una enorme mancha oscura. Sobre la madera cascá y el azulejo blanco azul blanco azul ya viejo, en trocicos rotos. El rastro de pasos de los caminantes que ya no van a entrar ni a salir del lugar. El rastro de las botas del último hombre que salió de allí. Es una mancha densa. Ya seca. Nos avisa de lo que vamos a encontrar en el interior.

Una señal de advertencia: el zumbido, zum, de las moscas en el aire, zummmm. El revoloteo, zim, de los mosquitos en el agua estancada, zimmmm. Los gusanos, las lombrices, las hormigas a la búsqueda de un mendruguico de pan abandonao. Las serpientes en el desierto, los lagartos. Se alimentan de todo. Las criaturas que se arrastran por la tierra que son también criaturas de Dios. Los bichejos que por pequeños que sean y puedan morir a millones con solo soplar el viento o pisarlos con el pie descalzo también son criaturicas de Dios.

Muerden y roen. Devoran la carne o la madera. Aquí ni hay nada ni vive nada y los bichos aprovechan. Avanzan sin detenerse ni pensar ni hacer otra cosa que avanzar a la búsqueda de lo que sea que haya quedado después de lo que ha pasado. Esa mancha oscura, a la entrada de la fonda, sí. Ese aire oscuro que sopla. El cielo gris.

En este lugar hubo sangre.

Hay uno en cada esquina. Están en las encrucijadas de los caminos. Están y no puedes verlos. Se aprende a verlos como se aprende a ver todas las maravillas invisibles del reino subterráneo: mirando lo que nadie mira. Hablando con los pájaros. Escuchando y entendiendo el canto del búho o el del zorzal. Interpretando la forma en la que las rocas se alinean mientras caminas. Leyendo en la arena que se levanta cuando sopla el levante un poco cabrón. Las huellas de la gineta o de la musaraña a nuestro paso son palabras.

Están pero no puedes verlos.

Un hilillo de sangre le gotea por los muslos desnudos casi sin formar. El vestidico remendao hecho jirones. Se tambalea. No puede andar. Siente un dolor nuevo entre las piernas y en los pechos medio mordisqueados y en el cuello lleno de saliva seca. El pelo desordenado, parte arrancado a mordiscos parte con las manos. El pelo que ha quedado en el suelo, abandonado. Es una niña. Una niña que parece una mujer. O una mujer que es niña. Una gitanica perdía en estas tierras sin familia ni nadie conocido. A lo mejor llegó aquí en una caravana de las que cruzaban el país hacia Barcelona camino de un futuro. A lo mejor murieron todos y ella se quedó vagando. A lo mejor vino sola. La niña mujer murmura algo para sí. Lo repite una y otra vez. Chamulla algo en voz baja. Algo que no entendemos. Un guirigay. Podía ser que la gitanica fuera en realidad una morilla egipciaca de las que una vez habitaron aquí. Una morilla despistá en el camino de ida a Francia, donde dicen que se hace dinero y hay muchos morillos como ella y se reconocen, se ayudan, se entienden. O a lo mejor estaba de vuelta al moro, o más lejos, a la tierra de faraones en la que puede que una vez naciera. O a lo mejor es del linaje perdido de los antiguos Millares; nada se sabe de ellos salvo que estuvieron años por estos pueblos y a lo mejor, quién sabe, dejaron descendencia desconocida en forma de niñas mujeres que deambulan por las ventas buscando algo que llevarse a la boca. Unas pesetas a cambio de un cante o un baile. Un mendruguico de pan o lo que sobra de un cuenco de leche. Algo de comida, que la comida se les da a los perros y somos más que perros los que vagamos desde la India y Egipto hasta este desierto de infieles.

Agotada, la niña se deja caer en una parata: el desierto ante ella, nada más que tierra muerta. Será su tumba.

Sujeta algo entre los dedos.

Podría ser un rosario a base de dientes de animales unidos con una cuerda fina como de pelo; podría ser un crucifijo hecho con ramas arrancadas de un arbusto seco y un lagarto crucificado por esas ramas y al que la niña le ha puesto un colgante de plata y oro que no sabemos dónde ha escondido y cómo no le han arrancado en el asalto.

Pide a los arcángeles. Reza a Gabriel que es el arcángel de la muerte y a Chamuel que es el de la misericordia y cabe un rezo para Rafael por la sanación y para el ángel de la paz y de la transformación que es Uriel.

Todo me lo han quitado todo me lo van a quitar, reza en su idioma. Te conjuro príncipe de este mundo, sigue. Y con los huesos de una abubilla que ha caído muerta ante ella y ha despellejado con los dientes, escondida en la parata, sigue la oración. No tarda en sentir un dolor tan profundo que es el último dolor.

Muere.

Se levanta un poco de viento igual que se levanta con cada muerte.

Y entonces aparece. Porque hay uno en cada esquina. Escondidos al acecho esperando en las encrucijadas de los caminos. Pueden llegar a los pueblos y a las aldeas a caballo. O con los pies molíos después de una buena caminata por el desierto.

Se le puede ver en el remolque de una furgona entre retales de cebada mustia. El peón lo ha recogido sin preguntarle su nombre. Hala, suba y hágase un huequico aquí, que nos queda una miaja hasta llegar al pueblo. ¿Quiere usté un trago vino? No es jumilla pero calienta la garganta. Y el hombre declina con un gesto. Y luego el peón lo abandona a la entrada de los pueblos. Hala, buena suerte nos dé Dios. Y el peón sigue con su camino a un cortijo donde le espera la faena. Sin saber a quién ha llevado ese ratico en su remolque. Era extranjero, dirá luego. No parecía de aquí, era un forastero de los que trabajan con los americanos o de esos despistados que piensan que esto está lleno de suecas.

El hombre que habita en la encrucijada de los caminos entra en el pueblo. Una mina se levanta tras las casas como un telón rojizo. La mina es a la vez frontera y testigo de lo que pasa en los hogares y en las calles. Las casas buenas rodeadas de cercas blancas, las malas sin cerca ni nada más que una pita seca. La fonda está al final del camino: no tiene pérdida.

La niña que ya está muerta, un pañuelo bordado cubriéndole la cabeza, señala con los ojos en blanco, el brazo extendido, el dedo apuntando a cada uno de los hombres que la mataron. Y a las mujeres que vieron y callaron. Y a los niños que supieron y no entendieron.

* * *

En la fonda.

Un cuerpo está tirao en el suelo, bajo la barra. Con un ojo seco medio colgando del rostro. Por la forma del barrigón y de las piernas gruesas se distingue a un hombre ya mayor. Fue el primero. Lo mataron nada más abrirse la puerta. Un balazo en el pecho lo lanzó con mucha fuerza contra la barra, donde se partió varias costillas; el otro disparo le voló uno de los ojos. Medio ciego, con las costillas rotas y un trozo de metal en el pecho, no pudo desenfundar. Así que la tercera bala fue directa al corazón.

¡Bang!

A la derecha, en el suelo, el uno sobre el otro, descansan los cadáveres de otros dos hombres, también de cierta edad. Los acribillaron de tal manera que se quedaron como abiertos por la mitad, dejando algunos huesos a la vista. Echando sangre como chanchos durante casi una hora, mientras notaban algo amargo recorriéndoles el cuerpo y llegando a la garganta y luego a los labios. Ahora están amorataos y siguen abiertos. Ya no parecen tanto gorrinicos como aves: abiertas y expuestas como piezas de una cacería.

Las armas están en el suelo.

Las que se usaron y las que no se usaron. En una mesa hay pan mojao en vino. Ha quedado el rastro pegajoso de un trozo de melón con moscas.

Hay otro que está boca abajo.

La cara pegá al suelo del bar. Le reventaron la cabeza por detrás, sin darle tiempo a girarse. Lo que queda ahora es un agujero verdoso en la nuca, que deja al descubierto trozos del cerebro y el pelo gris pegado. Es raro que no haya gusanos junto a las moscas. El cuerpo rígido, durico como una piedra. Solo le dispararon una vez y fue el que tardó menos en morir.

Escondido tras la barra está el cuerpo del dueño de la tasca. Tuvo la mala suerte de estar ahí. Sus sesos decoran el cristal y las botellas que hay frente a la barra. No tuvo tiempo a tener miedo, ni a darse cuenta de las cosas que perdía cuando la bala se le incrustó en la cabeza por la frente y se quedó allí a vivir.

Algunas botellas de anís y vino destrozaícas. El alcohol, a la vez viscoso y seco, más dulce que la sangre, se extiende por el suelo y por la barra. Algunos billetes arrugaos, sucios, pegaos al alcohol derramado y pastoso de la barra. Otros en el suelo.

Sorprendieron al cuarto hombre bajando de la primera planta junto a una gachí.

Fue la peor de las muertes de esa noche.

Un disparo le reventó la rodilla e hizo que cayera escaleras abajo. Ya en el suelo, tres disparos en el vientre. La camisa que llevaba está empapada de sangre seca, que no dejó de salir de su estómago. Creando una especie de textura recia, firme. Áspera y suave a la vez. Como si fuera un blusón rojo bajo su ropa. El gesto de dolor a la hora de la muerte le deforma un poco la cara. Tiene la frente despejá, sucia por culpa del sudor asqueroso y el polvo que se le ha pegado a la piel. El bigote blanco también sucio y con manchas rojas. Quizá intentó atusárselo, en un último gesto de coquetería.

A la mujer que está junto a él le volaron parte del hombro en un disparo fallido y luego le metieron dos balas en el pecho, que la tumbaron al momento. Cayó desde las escaleras. Tiene el pelo revuelto, enredao y sucio. Asoman las primeras canas, que se confunden con las motas de polvo. Se intuyen unos pechos grandes y destrozados al otro lado de la blusa quemada. Un rastro de carmín imitando la sangre en los labios gruesos, que el tiempo no conservará intactos y hermosos. Las piernas desnudas y enroscadas en una postura ridícula, dejando a la vista unos muslacos generosos, de piel oscura y suave. Magulladuras de la caída, pequeñas heridas, cortes en la rodilla.

Con las pocas fuerzas que les quedaban, este hombre y esta mujer se apretaron un poco las manos. Quizá se querían.

Queda un cuerpo.

Un hombre.

Echado hacia atrás sobre una silla vieja, junto a una mesa. Los ojos abiertos de par en par. La piel surcá de arrugas. Las facciones duras. Dos marcas oscuras bajo los ojos, por la falta de sueño. Un chatico de vino a medio beber y la botella abierta, con el vino ya evaporado: los taninos en el fondo del chato, como si fueran insectos rojos ahogados.

Le rajaron el cuello de izquierda a derecha, sujetándole la cabeza con fuerza para que no se resistiera. Lo hicieron con una faca de cazaor grande de hoja sucia. La camisa abierta deja al descubierto una cadena de oro que acaba en una cruz. El pelo del pecho, generoso y blanco, con sangre marrón. Limpiaron la faca sobre la piel del pecho. Y por ser el mayor de todos, lo dejaron morirse sentado y en silencio.

* * *

Igual que hay años de malas cosechas o años de muertes
en el mar. Igual que ha habido décadas de jambre en
estas tierras. Se abandonó la mina y el ferrocarril, se re-
garon, se riegan las comarcales de accidentes a deshoras:
conductores que se parten en dos. Cristales rotos, metal,
sangre. Animalicos muertos con las tripas fuera, aplasta-
dos contra el asfalto caliente. Al lado de las cunetas donde hay cuerpos, y más cuerpos a unos pocos metros bajo
tierra; pájaros que caen en pleno vuelo. Niños en cueros
rodeados de moscas que acaso comen una tajá de melón,
una miaja pan. Abuelos sin memoria, viejas de luto, mujeres que nacen para ser viudas. Igual que llega el levante
algunos años y de repente no sopla ni un solo día el viento más amable de poniente. De la misma manera que
llueve a veces como no ha llovido en meses y arrasa los
campos con granizo. Fatiguicas, penas, desastres.

Así es como llegó el hombre de la encrucijada al pueblo: solo lo delató el ladrido de los perros. Ni sombra
dejaba a su paso. Mata porque lo invocan y mata a veces porque aparece. Y a veces mata porque disfruta ma-
tando.

Entonces queda el rastro de un vestido sobre la cama,
o la tinta de la carta a medio escribir. El hombre trae
muerte.

Y es que la muerte misma puede parecer un mendigo
desarrapao con la chamarra llena de polvo y sangre seca
en un labio que parece partido y un par de dientes rotos
que hacen al mellao sonreír poco. Podría ser un espectro si

se pudiera volver de la muerte. Podría ser un demonio si existiera el infierno.

Nada de eso existe. Solo existe la muerte.

Y va a arrasar este pueblo de mentirosos y de cobardes y de cagaos y de hijos de puta y no va a dudar en llevarse por delante a las viejas enlutás por mu viejas sabias que sean ya que han permitido lo que han permitido y han consentío a sus maridos las barbaridades que han consentío; y no va a temblar a la hora de matar a niños y mujeres jóvenes y a alguna preñá si se tercia porque para eso ha sido llamada. Y si aquí hubiera flores morirían las flores. Y no quedará nada salvo un animalico peludo y bueno amarrao a la puerta de la fonda.

Antes de entrar, el hombre se detuvo. Una pelliza larga, casi tres cuartos, de piel, oscurecida por los años de pateo, un poco de borrego oscuro en el cuello y los puños. Un pañuelo florido al cuello, como el de los flamencos, que protege una marca en la piel que lo delataría ante los que saben de estas cosas. Una barba larga negra y sucia que huele a leña y a animal despellejado. Las uñas largas, sucias, amarillas, verdes y la piel de los dedos alargados verde aceituna, garras más que dedos y uñas. Los ojos: esos ojos salvajes, fieros. Humanos y a la vez no humanos.

Posó su mano —dibujos en los nudillos, una estrella, letras que forman palabras que no queremos repetir— sobre el lomo del burrico atado. Acarició su piel un instante. Le habló al oído.

Cuando lo vieron entrar, algunos no lo reconocieron. Otros pensaron que estaba muerto porque lo habían visto muerto y enterrado. Los del piso de arriba ni se enteraron: estaban enroscados y entre gemidos y menos mal que algunos se llevaron al infierno una alegría.

No bebió nada. No habló.

Al acabar, no se aleja ni siquiera del pueblo. Solo se desvanece. Alguien quizá empieza una oración a los arcángeles en algún otro rincón del desierto, en un chamizo, acurrucao contra la pared después de una somanta palos. Suena el crujido de una radio: un cante. Una rana se desplaza por el jergón donde duerme un desamparao con la boca entreabierta. Llega hasta su rostro, pegado al colchón de lana vieja reseca. La rana se propulsa de un saltito, alehop, hasta entrar en la boca del que duerme: las babas dejan un rastro húmedo en los labios. Otro saltito. La rana desciende por la garganta. La tos y el ahogo del deseamparao se confunden con el rezo. Son en sí una oración.

Así es como entra. Así es como avanza. Se desplaza por los postes de luz eléctrica que surcan el camino. O cabalgando en el silencio que deja en la radio una petenera segundos después de terminar: el cante se apaga, mare de mi corazón, era el color de sus carnes, lo mismo que la canela, y un misterio su mirá, que al hombre envenena. Y ahí se mueve el hombre de los caminos en las corrientes eléctricas y en las ondas de radio.

Llámalo si lo necesitas.

Afuera, el burro rebuzna molesto por los golpes de los granos de arena que el viento agita contra el costado. Mueve la cabeza, entrecierra los ojos y parece un hombre confuso, perdido.

Nadie se acerca a lo lejos.

Nadie camina por el pueblo vacío. No se escuchan risas ni disparos, nadie ha abierto una botella para brindar, nadie toca la guitarra.

Y el burrico que vuelve a mordisquear la cuerda.

La navaja oxidá

Nadie había visto nunca a una mujer barbero. Estaban las mujeres que bailaban y cantaban. De esas había muchas. Varias en mi pueblo. Se hablaba también de mujeres cazaoras, de mujeres que eran buenas tiradoras o buenas con los cuchillos, de camareras, borrachas, fugitivas y asesinas; estaban las mujeres que lavaban la ropa en la pila y las que freían pescaíco; había mujeres que eran las mujeres de los alcaldes y que mandaban más que los alcaldes, las amantes de los curas, que mandaban más que los curas o las mujeres de los ricos, que gastaban más dinero que los ricos. Incluso mi padre conoció una vez a una mujer carcelera en Níjar. Pero ¿una mujer barbero? Eso nunca se había visto. ¿Quién estaba tan loco como para ponerse en manos de una mujer barbero? ¿O había que decir mujer barbera?

Esa es una rajaora, escuché decir varias veces.

* * *

Me hubiera gustado ser tan mayor como para tener bigote. Un buen bigote negro, sí. Muy poblado. Por las tardes me quedaría sentado al fresco, mirando atardecer, pensando en mis cosicas y acariciando mi gran bigote. Por las noches, en la cama, lo tocaría para ir quedándome dormido. Un bigotaco bueno, sí, pero también una barba. Una barba de pelo duro y espeso, como esas que he visto a los mozos gordicos que bajan de las minas de plomo o como las que llevan algunos de los hombres peligrosos que veo pasar esposaos, los vagos y maleantes que dice mi madre que van camino del cuartelillo. Barbas en las que se enredan las hojas o que se manchan de sangre y vino.

Si yo hubiera tenido una de esas, no dudéis que hubiese sido el primero en entrar en la nueva barbería nada más abrir. El primerico.

Sería por la mañana, muy temprano. Los más vagos, que en este pueblo son casi todos, estarían todavía durmiendo. O chismorreando. Si hay algo además de vagos por aquí son chismosos. Muy chismosos. Los hombres haciéndose los machitos, riéndose de la mujer barbero y jurando que no pondrían un pie en su local; las mujeres cotorreando por cotorrear, diciendo palabras muy feas, de esas que solo dicen las mujeres cuando quieren hablar mal de otras mujeres.

Yo pasaría junto a todos ellos.

Con la cabeza bien alta. Mi barba y mi bigote reluciente. Mirándolos por encima del hombro. Pasaría por delante de todos los sitios importantes del pueblo y entraría muy decidido en la barbería. Sonaría la campana de la puerta.

Ring. Ring.

La madera vieja del suelo crujiría al paso de mis botacas. Un paso firme y seguro. Ella levantaría la cabeza y al verme sonreiría: ya está, mi primer cliente, pensaría la rajaora.

Entonces yo imitaría esa sonrisa que he aprendido de mi padre. La misma sonrisa que le suelta a mi madre justo antes de plantarle un buen beso en los morros. He estudiado muchas veces esa sonrisa, tan grande, tan confiada. Seguro que vuestros padres también tienen esa sonrisa en los labios antes de darle un beso a vuestras madres. Son cosas que los padres saben.

Dejaría mis dos pistolas en la entrada y me sentaría frente al espejo. En aquel enorme sillón de cuero rojo que a mí me parecía igual que el trono del rey que dicen que vive en Madrid. Y con mi imagen, barbuda y sonriente, reflejada en el espejo, cerraría los ojos.

Es un olor extraño.

No se parece a ningún otro olor, no he vuelto a sentirlo y estoy seguro de que lo recordaré siempre, hasta que me muera. En algunos libros dicen que un olor se puede recordar tó la vida. Incluso antes de morir ese olor especial puede acudir a ti, como para despedirse.

Imaginad ahora todas esas lociones, todos los jabones alineados sobre los estantes, al lado del espejo; su piel, que desprendía un aroma parecido al de la cañaduz; su pelo, que olía como a rosas; el agua fresca que alguien le traía de no sé qué pozo y que olía a ramas secas y a hierbas.

La barbería estaba llena de jarroncicos con flores. Un motivo más para que los hombres desconfiaran, ¿no? Había flores por tós lados, un mosquero y un rifle de madera oscura y metal limpio colgado encima del marco de la puerta.

Con delicadeza me cubre el cuello con un paño blanco, bien bordado. Me pone talco en la barba. La unta con una crema espesa que parece nata pero que no huele a nata. Lo hace con mucha rapidez, sin perder la sonrisa, dando pasadas que casi parecen pequeñas bofetadas. Su mano va y viene sobre mi mejilla.

Coge la navaja.

Es una navaja bien afilada, brillante, con el mango de un fuerte color rojo y el apellido de un fulano de Albacete en la hoja. Empieza a afeitarme y yo noto cómo la piel de su muñeca roza con mi cuello. Puedo oír su respiración y entonces pienso que ella debe de oír la mía. Cada tanto, mete la navaja en el agua, la agita un poco, la sacude y sigue con el proceso. El agua va ensuciándose, volviéndose más turbia y oscura. Un rizo se escapa de su pelo recogido, cayéndole un poco por detrás de la oreja. Ella no lo toca, lo deja libre. Intento no mirarla a los ojos. Estando tan cerca me fijo en que tiene la piel llena de pecas. Descubro también un lunar en el cuello y otro algo más abajo, a la altura del pecho. Los labios son de un rosa suave. Dos hoyuelos pequeñicos de sonreír uno a cada lado de la boca.

Pienso en cómo será besar a una mujer. Pienso en los pocos besos de verdad que he visto en mi vida. ¿Cuántos? ¿Seis, siete? Pienso en los besos de las mujeres al salir de misa y en los besos que daré a mi mujer cuando sea un hombre. Pero yo no soy un hombre. Soy, como decía mi madre, un zagalico. Y a los zagalicos no les nace el bigote.

Era solo cuestión de tiempo que la gente acabara acostumbrándose a convivir con una mujer barbero. Incluso en un pueblo tan pequeñajo lleno de vagos y chismosos como el mío.

Cuando iba de la mano de mi madre y pasábamos cerca de la barbería, yo me soltaba de ella. Salía corriendo sin escuchar cómo me llamaba, sin hacerle caso. Corría y me plantaba frente a la ventana. Y me quedaba mirando adentro, sin tocar el cristal. Como un tontico allí parado. ¿Y sabéis qué? Si algo había cambiado de sitio, yo me daba cuenta. Unas flores nuevas en el jarroncillo, unas tijeras aún por estrenar, recién compradas, la escoba al lado de la puerta en lugar de al final del local, una mancha de talco sin quitar en los espejos.

Me había aprendido todos los detalles de la barbería de memoria. ¿Tenéis por ahí lápiz y papel? Podría hacer un dibujo con los ojos cerrados.

Me gustaba verla trabajar.

Sujetaba la navaja con mucho cuidado. Sin hablar. Concentrada. Con la mirada puesta en los clientes. Que siempre estaban en calma. Medio adormilaos. Era raro ver a todos esos hombres peludos y ruidosos estar tanto rato sin armar bulla, apretar los dientes o cerrar con fuerza los puños para darse de palos.

Ella siempre sabía que yo estaba ahí. Giraba un poco la cabeza, me veía fuera, parado delante del cristal, hiciera frío o calor. Y me sonreía.

La ayudé a pintar la fachada y también con el letrero nuevo que colgó. Convencí a mi padre para que lo colgara en lo más alto de la casa, para que en grandes letras rojas todo el mundo viera que en este pueblo había una mujer barbera.

Al acabar el día cerraba por dentro. Sacaba una botellica que tenía escondida y se echaba una copa. Luego se echaba otra. Y casi siempre otra y otra más. Se quedaba un rato allí y luego subía las escaleras dando tumbos. Hacia la habitación que ocupaba en la planta de arriba de la barbería. Las mujeres del pueblo dicen que nunca nadie entró con ella en esa habitación. Que siempre durmió sola. Desde la calle podía verse luz en su dormitorio. Se quedaba encendida hasta que amanecía. Me la imagino caer medio trompa en la cama y dormirse al instante. Olvidándose de apagarla.

Solo trajeron correo para ella una vez. Las mujeres del pueblo se inventaron que leyó aquella carta de solo dos páginas en silencio y se secó las lágrimas al acabar. Luego la rompió en trocicos y la quemó. Algunos días pienso que si el fuego no pudiera quemarme la piel, si yo fuera como uno de esos héroes de los que hablan en los tebeos, hubiera podido recuperarla de las llamas sin dolor. Pegaría todos los trozos de la carta y la leería, sin decírselo a nadie.

* * *

El más alto de los Cortés entró en la barbería a mediodía.
Ya empezaba a bajar el frío de la sierra. Mi madre me
obligaba a llevar la poca ropa de abrigo que teníamos,
un gorro que hacía que me picara toda la cabeza y unos
guantes remendaos mil veces que fuera como fuera acababa otra vez destrozando por los dedos. Mi madre acabó
por no tejerme guantes nunca más.

No está muy claro cómo empezó.

He oído de tó: la venta de un terreno, unas cabras que
salieron malas o un dominó en una mala tarde. Puede
que una mirá. De esas mirás, ya sabéis.

O, lo que casi todo el mundo dice, un asunto de bajas pasiones. No sé por qué dicen eso. Para mí todas las
pasiones son bajas.

El más alto de los Cortés vio a través de la cristale-
ra al otro repantingao en el sillón de la barbería. Era
un negociante de Cartagena que se daba mucho pisto
y al que le gustaba pegar la hebra y pasearse calle arriba
calle abajo, como un pimpollo. Siempre con la cabeza
erguida, orgulloso de lo que fuera que estuviera orgulloso. Miraba terrenos e invitaba a anís a los viejos porque
contaba que quería conseguir la contrata de la vía del
tren que algún día llegaría al pueblo y que por supuesto
nunca llegó.

El de los Cortés llevaba días buscándolo. Y de repente
ahí estaba. Al otro lado del cristal. Sentado en el sillón
de la barbería. Tan pancho. Largando como siempre sus
planes y sus quimeras con lo del tren. Menudo era.

El de los Cortés entró en la barbería levantando la voz. El cartagenero ni se movió. Se dijeron cuatro cosas. Al principio parecía otra riña de gallos. Hay todos los días en estos pueblos. Los hombres se empujan y se gritan ná más que por tontás. No era para tanto. La barbera empujaba al de los Cortés, vete de aquí y luego lo hablas y déjame trabajar en paz, hombre ya. El Cortés se resistía a irse y maldecía. Parecía que ya estaba fuera, que todo estaba resuelto. Y como siempre: una palabra mal dicha antes de salir por la puerta, un mentar a los muertos, un reírse del otro para quedar por encima.

El de los Cortés escupió en el suelo un a mis muertos ni los nombres.

Ninguno de los dos llevaba su pistola. El de los Cortés agarró al cartagenero por el cuello. Lo levantó de la silla. Los dos brutos se pegaron por el local con todo lo que iban encontrando. Se daban puñetazos, patadas, cabezazos y bofetadas a mano abierta. La sangre manchaba el suelo y los espejos.

La barbera no sabía qué hacer. Dónde meterse. Gritaba para que se fueran de allí. Se quejaba por los cristales rotos. Por los azulejos. ¡Quién va a pagarme ahora esto, parad de una vez, por Dios qué hacéis, que me buscáis la ruina! Cuando lo pienso mucho me pongo triste, como las Navidades aquellas que no tuve regalos porque mi padre estaba pelao o como cuando en el colegio se rieron de mí porque me meé en clase.

Seguían pegándose cuando uno de aquellos dos hombres grandes como osos cogió una de las navajas sueltas por allí. No está claro cuál de los dos fue.

Ella no se dio cuenta. Ni lo pensó. Solo quería que dejaran de destrozarle su barbería, ese sitio que tanto había cuidado, que tanto amaba. Se puso en medio de la pelea. Entonces, el brillo del metal: el filo de la navaja golpeado por el sol que entraba a través de la ventana. El resplandor plateado seguido de un silbido. Seco. Como un pájaro antes de morir.

Y su sangre empapando el suelo.

Le rajaron la garganta. La mujer barbera murió en el acto. Quiero creer que la última mirada fue al jarrón del que salían las flores puestas esa misma mañana al despertar.

Me dan ganas de llorar cuando pienso en ese segundo. Esa última mirada.

Un lamento, un ay. Un adiós a mis flores. A los paños bordados. A los talcos, a las navajas, a las tijeras. Las horas echadas aquí, las amistades hechas. La ceniza que aún retenía algunas de las palabras escritas en la única carta que le llegó y que leyó en silencio…

Adiós a mi barbería, quizá le dio tiempo a pensar.

Mi lugar en el mundo.

Nunca ha vuelto a haber barbero en el pueblo. Casi todo el mundo lleva bigote. O barba. Si alguien quiere afeitarse, tiene que ir a alguno de los pueblos cercanos. La casa donde estaba la barbería sigue cerrada.

Ya no cojo la mano de mi madre cuando paso por delante del escaparate. El cristal está muy sucio y hay que pegar un poquico la cara para poder ver lo que hay dentro.

Siempre está lleno de moscas. Todas las flores están secas y muertas. En el suelo hay una navaja tirada, con el mango rojo oscuro.

De tomillo y castañas

La tumbó en la cama. Le abrió la camisa. Con mucho cuidado: estaba empapada de sangre. Ahí estaban otra vez. Los pechos de su primica. Pequeños. Firmes. Bajo estos, las costillas, marcadas. Qué delgada estaba. El rastro de vello. Era como una capa suave que la cubría. En los brazos. Sobre la piel oscura del vientre. El vientre que tantas veces había besado. Sobre el que había dormido al raso. Notó cómo la piel se le erizaba. Al contacto con las sábanas frías.

La sangre tenía un color más claro que otras veces. Brotaba de dos círculos. Igualicos. Uno pegado al otro. Ella gritaba. Gritaba. Él le pedía que se calmara. No pasa ná. No va a pasar ná, le decía. Tranquila, primica, tranquila.

Era la primera vez que le mentía.

La miró. Quiso quedarse allí tumbado con ella. Abandonarse. Olvidarse de todo lo que había pasado. Volverse a dormir. Como la primera vez. Casi los pillan juntos porque no se despertaron hasta la hora de comer y toda la familia andaba: dónde estarán estos dos. La Mama había hecho un bacalao con garbanzos que llevaba un rato apartao del fuego y dónde estarán estos dos. Y el Papa, y el tito, y el Yiyo y los otros primicos y primicas tocando las palmas o tirándose a la acequia y dónde estarán estos dos.

Corrió al baño. Trajo toallas. Hizo que se incorporara un poco. Le quitó la blusa del todo. A ella le dolía mucho. Él tenía que ignorar el dolor. Le limpió un poco con papel. Sintió los pezones pequeños y oscuros endurecidos por el frío. Apartó la vista de ellos. La idea de no volver a acariciarlos jamás le dio miedo. Ya no eran suyos. ¿De quién eran ahora? Contuvo la herida con las toallas. Apretando con fuerza el pecho en una especie de torniquete. Logró detener un poco la hemorragia.

Miró la blusa tirá en el suelo de moqueta sucia. Había trozos de tela desgarrá. Pensó: ¿y si algo de tejido se ha quedado dentro de la piel? Junto a las balas. Encharcando los pulmones. Eso haría imposible sacarle las dos balas sin matarla. De todas formas no tenía a quién llamar para hacerlo. El Diego padre, el único médico del que se fiaba su Mama, había muerto. El Dieguillo chico se había ido a estudiar a Barcelona. La familia no conocía ni trataba con nadie más. Ellos lo solucionaban todo en casa. Aquí no entra naiden ni se habla con naiden.

A él le dolía la pierna. A la altura de la rodilla iba creciendo una mancha oscura. Empezaba a no ver por el ojo izquierdo. Lo tenía inyectado en sangre. Suscastas. Maldijo varias veces.

Ella lo llamó por su nombre. Él la besó. Dos veces. Le dijo palabras tranquilizadoras. Él pensó en las liebres que cruzan la carretera camino a Los Escullos. Asustadas delante de los faros de los coches. Pensó en bosques espesos. De árboles grandes como gigantes. Luego pensó en gigantes. Y en árboles destrozados a su paso como si fueran flores. No quiso o no supo recordar el nombre de ninguna flor ni de ningún árbol y al bajar la vista se dio cuenta de que la mancha de su pantalón cada vez era más grande.

Tenía que hacer algo.

Echó un vistazo a la habitación. Aunque la conocía bien le parecía distinta. El crucifijo de madera encima de la cama. El olor a amoniaco. El color de la moqueta. Las moscas que zumbaban por las tardes. Llevaban viviendo ahí una semana. Con nombres que no eran los suyos. Y una bolsa de una tienda de deportes con billetes arrugaos debajo de la cama.

Habían descolgado y escondido en el armario el cuadro feo de un paisaje nevado que había sobre el cabecero de la cama. Ella era el único paisaje nevado que le interesaba. No había humedades en la pared. El grifo goteaba un poco. No había mueble bar ni televisión. En el suelo se acumulaban restos de bocadillos y latas de atún que iban consiguiendo por ahí. Litronas de Alhambra vacías. Ropa interior sucia.

Ella lo llamaba. Primico. Gritaba y lloraba. Sentía la sangre subiéndole por el pecho hasta la garganta. Le subía por los labios que ya estaban moraos. La ayudó a escupir un poco. Le limpió la boca de sangre.

Él se miró la pierna. La notaba fría. Lejana. Empezaba a dejar de ser su pierna. Con ese agujero de bala tan perfecto. Con las pocas fuerzas que le quedaban sujetó la mano de su prima. Espera una miaja. Ná. Unos minutos. Seguro. Le decía. Yo no sé mentirte, le mintió. Unos minuticos ná más.

Ella, que pronto dejaría de distinguir entre minutos y gotas de agua, entre horas y volcanes, sonrió. Un besico, le pidió. Él le dio dos.

Salió a la calle. Con otros pantalones y la única camisa limpia que le quedaba.

Llevaba encima la pistola.

Paseó renqueando por las calles con la cabeza agachá: en ese pueblo lo conocían bien. Las tiendas cerraban. Las farmacias, los colmaos. No quería cojear. No podía ser descubierto. Disimulaba. Y a cada disimulo le subía un dolor desde la rodilla hasta el centro del cerebro.

Se cruzó con hombres y mujeres. Era tarde. No había zagales. Ni una risa. Pensó en comprar más litronas. Recordó que no había cogido guita. No quería volver a robar. No tenía hambre. Tenía frío. No tenía ganas de hablar. Quería pedir perdón. No sabía a quién.

Entró en una iglesia que estaba abierta a pesar de las horas. No recordaba si había alguna fiesta, alguna vigilia o alguna procesión.

La iglesia era pequeñica. Dentro hacía más frío aún. Olía a incienso. Dos viejas enlutás rezaban el rosario.

Los bancos de madera oscura se extendían por la nave central. La talla de un cristo. El gesto de dolor estaba bastante conseguido por quien fuera el imaginero: con sus heridas y sus cicatrices, las manchas de sangre que salían de la corona de espinas, la barba tupida y la mirada al cielo pidiendo clemencia. Perdónalos porque no saben lo que hacen.

Las viejas salieron mirándolo de reojo. Animalico, pensaron. Hizo un gesto reflejo: peinarse el flequillo largo y sudoroso. Debía de tener mala pinta tela para que esas dos urracas se asustaran tanto. Antes de arrodillarse, metió la mano en la pila de agua bendita. Estaba fresca. Fue agradable sentirla. Con las puntas de los dedos mojadas se hizo la señal de la santa cruz. Le enseñaron a hacerlo de zagalico y siempre lo repetía sin darse cuenta.

Se sentó en un banco. Y así estuvo un rato: largo. Tranquilo. Con la mirada puesta en sus dedos entrelazaos mientras rezaba.

Aunque en realidad no rezaba, sino que intentaba recordar los años buenos.

Recordó la manera en la que a su primica se le levantaba la falda cuando él la perseguía por los campos de trigo; la vez en la que se le quedaron enredás en el pelo las hojillas sucias después de bañarse en la acequia; las horas muertas que pasaron bajo la sombra que daban las palmeras de la casa que limpiaban la Mama y la Tita. Los años de antes de que los sacaran de la escuela a rastras: a ella a limpiar casas con las titas, a guisar y a cuidar de los zagales más chiquitajos, él a trabajar con las ovejas, o haciendo alpargatas y los festivos a cantar tarantas y mineras pa los señoritos de los cojones. Una vez, la maestra, que les dejaba leer poesías de Lorca y de Machado, le encontró piojos en el pelo. El Papa lo esquiló como a las ovejas. Su primica se cortó un poco de la melena, se lo dio y jugó a que era su peluca.

Se acordó de las ristras de pimientos colgadas al sol en la casa de los titos. El sabor fuerte a ajo que tenían todos los pucheros que hacía la Tita. Recordó cómo jugaba en la era a ponerle hormigas entre las piernas a su primica, aún sin vello y por primera vez húmedo. Recordó el primer beso que se dieron, que sabía a tomillo. Y a castañas como las que asaba su pare y vendían en Graná en las Pascuas.

Recordó el retal de cebada donde la tumbó la primera vez y follaron con dolor. Ay, los dos primicos que se querían, decían ya las viejas viéndolo venir. Recordó los caballos, los potros y los mulos.

Recordó cómo tuvo que alejarse con ella de aquel lugar. Para no volver.

Se le agotaron los recuerdos buenos y le sorprendieron algunos malos.

En las paredes de la iglesia había algunas tablas. Contaban las muertes de algunos santos. El primico miró los cuerpos y los rostros. Eran payos con barbas larguísimas. Sucios y harapientos. Habían vivido hacía mil años. Hombres normales como él a los que se habían comido los leones o a los que habían quemao o crucificao boca abajo. Hombres apedreados hasta la muerte. Enterrados de cuerpo entero en mitad del desierto mientras se les quemaba la cabeza o los párpados y veían a los buitres acercarse a disfrutar del festín. Hombres duros de cojones preparados para el dolor.

Se escucharon pasos. Por el fondo de la iglesia. Se levantó. Se escondió en el confesionario. Desde allí vio al cura Pascual. Era bien gordico y arrugao, la frente despejá, siempre sudando el muy cerdo. Cuatro pelos mal puestos en la calva. Dientes podríos.

Cuando se acercó a él, notó que apestaba: a humedad y pescao frito, a casa cerrada y a caldo avinagrao, invitado seguro en alguna tasca. Nunca pagaba el tío mierda.

Tenía una sonrisa en los labios que más que una sonrisa en los labios parecía un tic, un gesto adquirido por los años retorcidos.

El primico se acercó al cura Pascual.

Sacó la pistola. El cura se giró y antes de poder decirle nada, el primico le pegó cinco tiros en el pecho. Las balas se le incrustaron en los pulmones y en el corazón y no salieron de allí. Una vez en el suelo, de otro disparo le abrió la cabeza como una sandía bien madurica. Salpicó la sangre a la cara del cristo, a las telas del altar. Los sesos quedaron esparcíos por todas partes. Hasta mancharon la fea copa metálica que imitaba al oro en la que el cura consagraba y que acabó rodando por el suelo.

Fue aquel mismo cura, el Pascual, que ahora era un trocico de carne deshecha y caliente, el que los había pillado juntos. El mismo cura Pascual que había casado a los papas y los titos, que iba a los jaleos y a las fiestas, que a veces bailaba con la mare y que no le quitaba ojo de encima a la primica desde que tenía siete años. El mismo curica gordo, arrugao y cabrón que la tocaba un poco cuando iba a confesarse, que dejaba la mano en la lengua cuando le daba la hostia.

No sé qué del fornicio pecaminoso, dijo a grito pelao una tarde y algo del cristo de los gitanos y no sé qué coño más jaleó y gritó en mitad de aquella comida donde estaban las dos familias juntas. A los gritos del cura Pascual le siguieron el caballo primero, la huida, los meses de cirlar farmacias que son fáciles, gasolineras que hay muchas, bancos pocos que tiran con bala; cirlar y follar bien a gusto en los hoteluchos que iban de Motril a Vera. Escondíos pero queriéndose hasta que los encontraron y entre unos y otros los balearon por culpa del cura.

Ahora Dios no estaba delante y el primico pudo mirarle el rostro deformado, el ojo un poco salido de la cuenca, apartado de la cara gracias al balazo, los dientes medio apelotonaos dentro de la carne, lo que una vez fue una sonrisa que en realidad era un tic.

Dejó la pistola caliente en uno de los bancos. Salió de la iglesia pasando por delante de las tablas mudas llenas de santos y de la pila bautismal, también muda.

Al regresar al hostal, ella ya estaba muerta. En la cara tenía una expresión de dolor que había borrado su belleza. La imaginó llamándolo y buscando su mano por la cama sin encontrarla.

Se echó a su lado, notando la pierna completamente helada y dejando de ver por uno de los ojos. Un olor a tomillo y castañas que no pudo explicar le sorprendió mientras cerraba los ojos.

BISONTE

El paquete de Bisonte abierto sobre la mesa.

Por la ventana, en mitad de la oscuridad, la chispa del cigarrillo. Una luz naranja y azul que se enciende y se apaga, se enciende y se apaga en cada calada. En una silla descansan el uniforme verde y el tricornio. El mosquetón y el cinto. Huesos de aceitunas rechupeteaos sobre el hule con formas geométricas que cubre una mesa camilla con un brasero apagao.

Silverio tiene la mirada perdía: otra calada, otro resplandorcillo de colores en la noche. Las botas arrumbiás en una esquina. Llenas de barro del camino. Por el agujero del calcetín, el tacto frío del suelo sin fregar. Un olor a lejía en la casa plantada en la roca que también es cuartelillo. La cama vacía. Deshecha desde hace días. El chato de vinagrón, que no llega a cosechero, ya apurao. La botella vacía. Como la cama.

El zumbío de un par de moscas noctámbulas. Dando por culo. Zumban que zumban requetezumban las moscas en el aire seco de la habitación.

El trabuco de su pare sobre la puerta. Presidiendo la casa como el pare presidió su vida. Retratos de familia en un aparador. Entre vasijas de barro y lebrillos. En su mayoría fotos de viejos arrugaos vestidos de militares, tíos abuelos de cuando la guerra, titos y primicos que, como él, se hicieron civiles. Sus dos hermanos: el minero al que se le llenó el cuerpo de cobre y el tonto que se fue a Cataluña a vivir mejor y del que ya no se supo.

Viejas enlutás. Pocas zagalas. El rastro de la belleza de juventud de la madre o de la abuela perdido sin remedio en pocos años. Aquí las mujeres se avinagran pronto. Las de treinta parecen viejas. Las abuelas parecen árboles. No perdona el país con eso. Molías de cocinar en la lumbre, de partirse el espinazo en el campo, o de venga a darle teta al churumbel, no queda cara que no esté triste, apagaíca, con los rasgos marcados por la solana que no perdona o por los días que les pasan por encima.

Han dejado de esperar. No sonríen. Les toca parir y currelar. Todas esas viejas enlutás que no son viejas y que fueron niñas a las que les duró la alegría lo que tardaron en agarrarlas y tirarlas a la era: ábrete de piernas y calla coño que me despistas. Muchas se iban. Y no volvían. Alguna postal de vez en cuando los primeros años. Luego ná.

Los niños en las fotos están a veces desnudos, a veces con trapos. Serios y cuando sonríen todos mellaos. Pobres. Rodeados de moscas. Y muertos del asco y de la pena de vivir entre nopales y todo el día enterraos en el color ocre que hay por todos lados en estas tierras. Se te mete en los ojos el color ese y ya lo ves todo igual: da igual una florecica de la que ponen las niñasviejas en los balcones, el mar verdoso del invierno o el cielo que ya no sabemos de qué color es porque ya es del mismo color que todo por aquí: amarillento, gastao.

Silverio usa de posavasos, más por superstición que por añoranza, unas estampicas de vírgenes que fueron de su mare. Vírgenes carcomidas como todo lo demás.

Y el cristo en la pared con cara de cristo en la pared: sufriendo y callaíco.

Pieles de conejo y de gineta. Una osamenta colgada: un trofeo. Se ha descolgado un poco la bandera roja y amarilla y roja. El rojo comido por el sol que parece casi amarillo. El amarillo ya blanco. El negro, negro.

Otra calada.

El humo que ensucia los pulmones.

La sangre en las venas: turbia.

Silverio levanta la vista y le parece ver al Mellizo sentado frente a él.

El Mellizo con el pelo un poco más sucio. El Mellizo con la barba un poco más descuidá. Algunas canas sueltas. Las uñas de la mano derecha del Mellizo tan largas como cuando tocaba por mineras y tarantas en las ventas. Esos dedos del Mellizo que el civil hizo crujir uno a uno como almendras. Te lo has buscao tú solo a mí no me jodas más. Qué dijimos de llevarles comida a los de la sierra Alhamilla. Qué dijimos de pintar qué cosas en qué paredes y de tocar los cojones a qué señoritos. A ver cómo tocas ahora Mellizo con los dedos rotos. A ver ahora qué haces Mellizo para llevarte un mendruguico de pan a la boca.

Y los ojos ensangrentaos del Mellizo. Que se pasó su última noche de vida mirando a Silverio desde la esquina de una celda que apestaba a meaos.

Es rara esa visita. El Mellizo ahí sentado en mitad de la noche. Cómo habrá llegado hasta aquí. Qué camino ha hecho desde dónde y cuándo ha entrado por la puerta. Y qué quiere el Mellizo ahora, aquí sentado mirándome como si no me viera.

Silverio le acerca el paquete. Coge uno, Mellizo, no me seas.

El gitano lo rechaza: los fantasmas no fuman. Y Silverio se arrepiente de no tener otra botella de vino feo para echarla con el gitanico muerto que está sentado en su silla.

Pasos, voces.

El civil levanta la vista: ha venido más de uno. Se mueven en el piso de arriba igual que la carcoma comiendo madera. Se arrastra un mueble. Chirría una ventana. Se escucha una voz grave; una tos quizá. Una puerta que se abre.

Alguien, algo, que bajará la escalera más entrada la noche.

Ay, no se atreve a decir Silverio, aunque sí lo piensa. Ay.

Y es un lamento no por los espectros. Ni por el miedo que bajará de madrugada y le recorrerá el cuerpo. No es un ay por lo que vendrá, sino por la soledad profunda, compañera desde hace años. Y es que el Silverio se ha acordao de una mujer. Una mujer con los ojos azules que de niña mu niña lo quiso como se quiere de niña. Once años más tenía el Silverio que la niña y once tuvo que esperar para verla desnuda y darle un mordisco en la boca que fue su manera de darle un primer beso. La sangre goteando por la boca. Y arriba y abajo se tiraron meses el civil y la niña de ojos azules por la rambla seca y yendo a veces a bañarse desnudos a la cala del Plomo; y un viaje a Valencia a ver las fallas en el que se gastó todos los cuartos ahorraos y una pelea y otra pelea y una bofetá y otra bofetá. Y la de los ojos azules se levantó temprano una mañana con nubes, cojeando un poco por culpa de los palos del Silverio. Y esa mañana con nubes abrió la puerta sin hacer nada de ruido y se subió a un coche de línea que llevaba a Graná. Y de Graná siguió hasta Málaga y dicen que la vieron trabajando en hoteles de esos de suecos y que le quedaba algo de cara de niña a pesar de la piel marcá por los golpes y las quemaduras.

Once años más tenía que la de los ojos azules y casi once años ha perdío Silverio desde que se quedó solo. Ya no se arrimó a gachí que no fuera de pago. Se iba a esfogar a las casas de fulanas de Murcia, que tenían fama de ser más fiables y menos guapas. Ahora ni eso. Patea entre paratas y bancales, entre acebuches y caminos, vestido de verde con otro civil de mostachón del que no se ha aprendido el nombre y al que solo le dice hola al llegar y no adiós al irse.

Qué haces aquí, Mellizo, me cago en tus muertos que me has hecho recordar a la gachí. Y el fantasma mueve la cara en silencio como si buscara una miaja de aire. Y es aire lo que le falta en ese momento a Silverio, que se ahoga un poco. Demasiados Bisontes en el cuerpo, piensa el civil. Espachurra el que tenía a medio fumar. Se guarda el paquete arrugao en el bolsillo. Fuera de la vista. Si no los veo no me dan ganas, eso es así.

Cruje un poco el cristal del chato de vino. Crac. Como si fuera a partirse en las manos esas grandes que tiene el Silverio. Crac. Pena no tener otra botellica, gitano, te juro por Dios que si tengo otra, la echamos.

Crac, crac, crac.

Silverio no ha visto entrar al moro.

Está de pie en el salón con las tripas pafuera. La camisa rota deja al descubierto el pecho quemao de tantas horas a la solana que pasó el moro. Los pantalones remendaos. Las suelas destrozaícas de los zapatos dos tallas más grandes. Los dientes picaos, verdes. La lengua que no es lengua: son gusanos. Los párpados cosíos con hilo, que esconden unos ojos que de abrirse serían solo una bola blanca y traslúcida sin iris ni pupila. El olor como a queso podrío que no se va ni abriendo la puerta de par en par.

Qué haces aquí, moro, qué pestazo, lo mira Silverio con una mueca de desprecio. Y dónde están las vírgenes esas que te esperan en el paraíso. Ya te dije que eso eran chuminás. Al final ya ves el paraíso que te esperaba: aquí plantado delante del picoleto que te pegó un tiro bien pegao. Por cuatro melones. En qué hora. Y qué pechá de correr te diste, moro cabrón. Ahí te quedaste, acuérdate. Le dice Silverio a la figura alargada y oscura. Ahí tiraíco en mitad la comarcal. Con los ojos mu abiertos mirando el cielo claro y sin una nubecica. Chamullando en el guirigay ese moro que hablabas a veces cuando no querías que te entendiera nadie. ¿Me echaste un mal fario o qué, moro cabrón? Pues ya ves que aquí estoy, ten cojones, le dice con el impulso de levantarse, coger el mosquetón y volver a abrirle las tripas y que se esparzan por el suelo que huele a lejía.

El nuevo espectro no se mueve. No se inmuta. Quizá ni siquiera escucha. Como el anterior, su presencia ha hecho que el aire se haya vuelto de repente dulzón. Más denso, más pesado. Silverio se siente como un mosquito atrapado en un tarro de miel. Incapaz de moverse, aunque nadie sujete su cuerpo. Quiere levantarse. Igual tengo por ahí una botella de anís seco. Echa mano al bolsillo del pantalón: al final el Bisonte va a caer. Prende yesca. La primera calada le hace toser. Fuerte. Se ahoga. Se encorva un poco. Escupe en el suelo. Sabe que agarrar al moro del pescuezo no serviría de nada.

Se pone de pie. Pasa junto al moro. Silverio se cubre la boca y la nariz. La peste casi lo marea. Abre la ventana: al otro lado silencio. El silencio negro y profundo del desierto. Vuelve locos a los zagales y a los hombres. Solo los viejos parecen estar cómodos con él: envuelve a los pueblos, a las casas y a las fondas, a las chumberas y a los olivos igual que si fuese un paño. Algunas noches el Silverio pega la oreja a la tierra. Siente los escarabajos en la arena, los mosquitos aleteando. Se puede escuchar el chumbo maduro que cae al suelo y se abre: y a las hormigas pegándose un festín con su carne fresca, rosa y amarilla como las tripas desparramás del gitano.

Silverio levanta la vista hacia el trocico de luna que asoma al otro lado de la ventana. Se gira hacia el moro: ahora dicen los americanos que se pasean por ahí arriba como otros se pasean por la orilla de la playa. Que no digo que no, moro, que tó pué ser. Tó el rato están pasando cosas raras. Silverio siente en la nuca la mirada sin ojos del moro. Imagina los gusanos dentro de la boca haciendo de lengua que no puede saborear nada. Ni el dulce de la fruta ni el salao de la sardina. Todo el rato pasan cosas raras, sí. Como que venga a verte sin avisar un gitano muerto o se plante en medio de tu salón un moro abierto en canal.

El pan de seis días antes está seco. Duro. No le queda ni una miaja aguardiente. Ha cortado una tajá melón. La faca abierta en la mesa. Por si hay que tirar de ella. Nunca se sabe. El filo húmedo y pegajoso. Y por más que mastica Silverio el melón no le sabe a ná. A ceniza. Un poco a sangre. No ha salío bueno, piensa el civil masticando con desgana la pulpa pastosa. Los melones no saben a sangre. Ni a ceniza, Silverio, no seas cipote. Los melones saben a melones si salen buenos, como los que tiene Maruja en el bar, y a aguachirle si salen malos. Una arcada le sorprende. Le sube desde el estómago. Se le atasca en la garganta. Como si tuviera un trozo de metal atrapao en el pecho. Deja el melón en la mesa con asco. Escupe el que estaba masticando. Tose y se ahoga y tose.

Arriba sigue la danza de pasos. Los golpes. Un pum seguido de otro pum seguido de otro pum. El último golpe, ¡pum!, hace que se agite toda la casa. El sonido quizá de alguien muy gordo cayendo en peso muerto en mitad del dormitorio. Silverio levanta la cabeza. Un poco de cal se desprende del techo. Un polvillo blanco igual que si nevara dentro de la casa. Un gemido metálico. Un llanto. Leve. Las cañerías de la casa están reviejúas, hay que cambiarlas o mejor irme ya de una puta vez de aquí, dice Silverio en voz alta por si alguien arriba lo escucha. Del cuartelillo, de la casa, del pueblo. Irme a las Vascongadas donde dicen que hacen falta civiles y pagan buenos cuartos. O largarme a Torremolinos a sacarle el parné a una sueca de esas que se dejan hacer de tó cuando tienen a un hombre de verdad al lao. Ya se imagina el Silverio con la rubia que tiene los brazos llenos de pecas y le dice cosas que no entiende. Olvídate, Silverio, que tú no eres un hombre de verdad. Tú eres un desgraciao, siempre lo has sido y siempre lo serás.

Está en esos pensamientos el Silverio cuando lo ve llegar. Moviéndose igual que una araña con la mitad de las patas espachurrás.

Es el Teodoro.

Se arrastra por el suelo. Viene del lavabo. Que no es un lavabo en realidad. Más bien un agujero en la tierra para mear, y un grifo del que sale agua cuando quiere. Ha salido de ese bujero llenetico mierda y meaos, piensa el Silverio. Viene del infierno el Teodoro. Más de la tierra que del infierno porque debajo del lavabo no hay más que eso: tierra caliente y recalentá del desierto.

El Teodoro clava los dedos de las manos en el suelo y coge impulso con los brazos. Avanza poco a poco. No tiene prisa. Sigue. Unos pocos centímetros más. Sigue. El cuerpo de cintura para abajo inerte. Las piernas como un saco vacío. La cabeza alta. Orgullosa. El pelo con brillantina. Con esa raya al lado que llevaba cuando era chófer de la mina. La misma chaqueta negra que le estaba grande. La corbata y la camisa blanca con lamparones de sangre, vísceras, tierra húmeda y barro. Los pantalones del traje con las piernas tiesas, sin vida.

Clava los ojos en Silverio mientras avanza.

Se acuerda Silverio del rastro de brillantina que le dejó en los dedos el pelo del Teodoro cuando lo agarró de la cabeza y le reventó el careto a palos. Ojo con el Teodoro, que mucho chófer y mucho paripé con los de la mina pero es sindicalista y rojo perdío, le venían narrando unos y otros al cuartelillo. Silverio, que sepas que el Teodoro ha cogido una cogorza en Fernán Pérez y se ha ciscado en Franco delante del gobernador civil, que ha venido a hacerse fotos para el diario *Arriba*. Teodoro esto, Teodoro lo otro. Era de Fiñana, moreno y de zagal bien apañao. Con el tiempo se le puso la cara colorá, como se le pone a los que empinan el codo. Lo tenían por callado y discreto, menos cuando se pimplaba unos cuantos chatos de clarete de Albuñol. Entonces soltaba sapos y culebras por la boca y más de uno tenía que decirle: Teodoro, calla la boca que un día te pegan cuatro tiros y te la cierran pa siempre, que pareces tonto, Teodoro.

Algo ha despertao en la mina, lo saben los mineros, pregunta por ahí, algo que dormía desde hace tela de tiempo, algo de antes de los moros y de los romanos te digo, de cuando tó esto era mar, que este desierto era mar y bosques, ¿qué te crees, que siempre ha sido así? Y ahora el algo ese que es grande del copón anda nerviosico perdío bajo la tierra como cuando se despierta uno de la siesta y tarda en salir de la cama porque tiene el pijama puesto y legañas y un día el algo va a salir de la mina y veremos lo que pasa, os vais a cagar todos en Dios de una vez y en Franco y si no al tiempo, le dijo una vez el Teodoro al Silverio en una tasca en la que se encontraron en Carboneras, donde Teodoro estaba haciendo de chófer y aun así soplaba del frasco lo que no estaba en los escritos. Qué dices de algo de la mina, le preguntó el civil con la mueca en el rostro. Mordiéndose las ganas de decirle: que sé que tienes papeles escondíos de los que no hay que tener y folletos y que les calientas la oreja a los compañeros, tú que solo eres chófer y que eres sindicalista, Teodoro, no me hables de mierdas de la tierra ni algos ni pollas y suéltalo ya antes de que te pegue dos mecos.

Se arrastra. Se arrastra por el suelo de la casa Teodoro dejando un rastro de baba igualico que un caracol.

Un hilo de sangre negra de la boca manchando la camisa y las manos como patas y el tronco muerto y la entrepierna inútil.

Era de noche, claro, cuando Silverio se encontró al Teodoro haciendo eses por los caminos. Le pegó dos hostias y lo metió en el coche. Lo bajó a rastras. El Teodoro sorbía los mocos y te juro por Dios que no me vuelvo a meter en cosas de sindicalistas y lloraba y por favor Silverio guarda eso que yo no he hecho nada.

Perdió la poca dignidad que le quedaba Teodoro en aquella comarcal. El disparo le entró por la boca: los dientes y media mandíbula se quedaron en el asfalto. La otra media en la tierra. Lo tiró en una cuneta igual que un saco de papas. No preguntaron por él. A su mujer y a sus niños les hicieron el vacío y se fueron del pueblo. Se les perdió la pista. Cómo le gustaba el pirriaque al Teodoro.

Ahí está. Arrastrándose en el suelo igual que una culebra.

Silverio se mira un poco las manos buscando lumbre para echar otro Bisonte. Esas no son sus manos. Parecen las manos de su padre. Arrugaícas y con las uñas sucias. Llenas de manchas. Se toca la cabeza: ahora casi sin pelo. Se agarra a la silla para no caerse al suelo.

Ha envejecido veinte años desde que está chateando con los muertos sin chatear porque no le queda ni vino ni aguardiente.

Cuando los fantasmas nos miran en silencio no nos miran: nos comen por dentro. Nos muerden el corazón, que empieza a latir más lento, más pesado. Como un reloj estropeao. Se nos agrieta la piel, se nos seca, se arruga y se retuercen los nervios al otro lado, sentimos que tiran de las venas y las tensan y podrían explotar dentro del cuerpo y dejarlo encharcao; dejamos de ver bien, no podemos oír con claridad, igual que sumergidos en un líquido oscuro y espeso. Olvidamos de repente caras y fechas y nombres: se nos mezclan y nos confunden como las casas en las pesadillas, que son a la vez familiares y extrañas.

Ni mi nombre recuerdo, piensa el Silverio. Nota el vello espeso que le sale de las orejas y de la nariz como lo tenía su pare y su abuelo. Se busca con la punta de la lengua, reseca, los agujeros que han dejado los dientes desaparecidos en la boca.

Veinte años. Han pasado veinte años de repente sobre el cuerpo de Silverio. El Bisonte cae al suelo sin encender.

Lo ha entendido.

Va a convertirse en uno de ellos.

El perfume que baja de la planta de arriba es el mismo de entonces. Ni se acuerda el Silverio de cuánto hacía que no lo olía. Lo compró la de los ojos azules cuando era zagala en un viaje que hizo con el colegio a los Madriles para comer barquillos y visitar el Valle de los Caídos. Se echaba un poquito, solo un poco, cuando iba a misa y los días señalaos que quedaba con Silverio para meterse mano. Le duró ese perfume barato. Era como de violetas y dejaba en la piel un rastro dulzón parecido al caramelo y al azúcar.

El olor a violetas impregna la madera y la piedra vieja; se queda en los retratos del mueble, en la ropa colgada en la silla; en la empuñadura de la faca y en el cañón del trabuco; se lleva la peste a podrido de toda la casa. Huele todo a violetas y a ella, sobre todo a ella oliendo a violetas, y a la vez huele a muerte como si fuera un largo sueño, a sueño y a muerte; y es como si la casa fuera a la vez un jardín y un cementerio. Una cama y una tumba llena de flores.

Silverio nota el tacto de unos dedos en la nuca.

No son dedos: son garras.

Ella se sienta frente a él: le clava los ojos azules. Silverio baja la mirada, se achanta. Ahora tiene miedo. En un último gesto de coquetería, inesperado, se arregla un poco el pelo escaso de la cabeza. Se le queda en los dedos un mechón gris y reseco. La camisa está arrugada. Le da vergüenza. La alisa un poco con las palmas de las manos callosas y ennegrecidas. Silverio no se atreve a mirarla. Está viejo y cansado y va a morir y no quiere que ella lo vea así. Le encantaría tener un poco de vino y echar una copa. Quiere encenderse un Bisonte. Duda.

Está hermosa.

Un vestido viejo, roto por los codos. La tela rasgá por el pecho. El pelo enmarañao no es pelo: son ramas secas, son culebras negras. Le cae por el cuello. Por el pecho. Los dientes como de mármol: y afilados. Los ojos azules. Los ojos azules y las uñas largas y rojas y el olor a violetas y los ojos y las uñas y las culebras del pelo y las ramas.

Acerca la silla a Silverio. Ahora siente con más intensidad el perfume a violetas, la respiración entrecortada.

Lo besa.

Besa al viejo en que Silverio se ha convertido esta noche. Y el beso le devuelve al civil el sabor de su propia boca: los Bisontes de la noche y el vinazo, el melón reseco, la sangre y la ceniza. Una punzada de dolor le recorre la espalda. Se retuerce en la silla. Cae al suelo. Se abre la piel a cada lado: como la pulpa de una sandía, roja, expuesta la sangre al aire que se llena de moscas que aguardaban escondidas su botín. No tiene tiempo de gritar. Siente la lengua arrancada de cuajo: como si fuera una cuerda amarrada a la pared de la que alguien tira con fuerza. Una aguja de punto como la de las viejas, invisible y alargada le atraviesa la frente. Cruza su cabeza y sus pensamientos. Llega al cerebro. Silverio siente un dolor fuerte como una descarga eléctrica. Le viene a la cabeza aquella vez en que a Facundo el pastor le cayó un rayo estando con sus cabras en mitá la era y tuvo que venir la ambulancia desde Níjar y se lo llevaron y tenía el cuerpo renegrío y la ropa chamuscá y pensó que un rayo te destroza si te cae y ahora le ha caído un rayo sin que lo vea atravesándole el cerebro. Le ha caído un rayo y se quema por dentro. En silencio. Se le nubla la vista. Se ahoga. No puede llorar. No llora.

Algo ha salido de la tierra, piensa, acordándose del Teodoro. Algo ha venido a vernos esta noche. Algo se ha escapado de la mina, verdad que sí, Teodoro, tus muertos. Se arrastra por el desierto, ronda el país.

Silverio tira la silla. Se arrastra hacia la puerta. No le queda mucho. Ya no huele a violetas. No huele a nada. No hay nada. Deja un rastro de sangre espesa sobre el suelo.

Se derrumba al abrir la puerta.

Muere, nadie le llora. Muere y aun muerto puede sentir punzadas de dolor que le atraviesan el cuerpo que ya es como de cartón. Muere y en la muerte hay clavos escondidos.

Afuera el cielo es amarillo y denso. Se funde como una vela que derrama su cera sobre la tierra ocre del desierto.

La bestia, ahí arriba, proyecta una sombra enorme, alargada, igual que la sombra que deja una montaña. Sus dos cuernos, retorcidos como los de un bisonte, impiden ver el sol.

Si es que aún hay sol.

THE NIGHT THEY DROVE OLD DIXIE DOWN

Íbamos algunos sábados por la tarde al cine.

Mi favorito era la terraza del Jurelico; unas cuantas sillas incómodas apelotonás a un lado, una barra de cemento con bebidas al otro y una pared encalá al fondo. Arriba el cielo: las estrellas que no tenían que pagar la entrada, y la luna que a veces era un foco más. Iluminándolo todo. El suelo siempre estaba pegajoso, lleno de rosetas de maíz pisoteás. Un olorcico a vino peleón. A fritanga.

Mi madre me decía que me sentara con ellos pero yo no quería. Los niños se ponían en la primera fila. A mí me gustaba la última. Podía ver la película, pero también podía ver a la gente viendo la película. A los que se metían mano, a los que se sacaban mocos y los pegaban en la silla; a los que iban y venían de la barra, a los que se salían de la película y no volvían a entrar. ¿Dónde irían? ¿Por qué entraron si se iban a ir? ¿Tenían algo mejor que hacer?

Desde el fondo podía ver el humo de los cigarros levantarse sobre la pantalla.

Estamos más o menos a mitad de película.

El tren aparece a lo lejos. Soltando un chorrazo de humo negro. Habían remodelado la estación de tren de Guadix. Cuando íbamos a Almería capital salíamos desde esa misma estación. O aquella vez que fuimos a ver la Alhambra. Madrugamos mucho, hicimos bocadillos, estuvimos todo el día y volvimos cuando ya era casi de noche, cansados y contentos.

El tren se detiene en la estación que ahora parece la de un sitio perdido del sur, en mitad de la guerra civil americana. A lo lejos reconozco las cuevas de los montes donde vive tanta gente que conozco. Uno de los protagonistas de la película, un rubiasco de ojos azules, se cuela en un vagón grande sin ventanas. Se apoya en los tablones de madera. Toma aire.

El vagón está lleno de heridos de la guerra. Los uniformes grises del ejército confederado: viejos y gastados, llenos de polvo y comíos de mierda. Los soldados del bando perdedor, amontonados unos encima de otros. Hay uno manco. Dos cojos. Uno tuerto con un parche. Casi todos son muertos de hambre y tullidos de los pueblos de por aquí. Algunos gitanos rubios de las cuevas, borrachos de los bares, gente del campo, parados y aburridos. Llevan muletas, brazos en cabestrillo; vendajes alrededor de la cabeza, el pelo enmarañado, quemaduras, heridas sin curar, manchas de sangre de mentira, miradas de estar esmallaícos de hambre. Quizá lo están de verdad.

Y ahí está.

Entre todos esos desgraciaícos.

Mi padre.

Era la segunda vez que salía en una película.

La primera también fue una del oeste. Se titulaba *Asalto en territorio navajo*. En un momento de la película hay una escaramuza en un cañón. Unos tíos han robado unas alforjas con oro. Para huir tienen que cruzar una zona muy salvaje, peligrosa, llena de indios. Entonces son atacados al atardecer. Aunque todo está muy oscuro. Casi no se ve nada de la pelea. Los indios no son más que siluetas negras. Figuras sin cara recortadas contra el cielo de Tabernas. Hay una pelea, tiros y palos. Mi padre hace de indio. Imagino que a los tíos que buscaban gente para la película les gustó el bigotón que llevaba en esos años. Le caía a ambos lados de la boca y le daba un aspecto más o menos cómico y más o menos amenazante.

Mi padre les metió una buena trola a los tíos esos. Les dijo que sabía pelear. Creo que por eso lo matan tan pronto en la película. Llegaría al rodaje, ensayaría un poco con los demás y entonces los de la película se mirarían entre ellos: el del bigote me cago en todo además de no parecer indio no sabe pelear. Da igual, diría otro, no se va a ver nada, que lo maten pronto y ya está.

Y así es.

Mi padre está agazapado detrás de una roca con otros indios. Lleva un rifle largo. Como con plumas de ave atadas al cañón. Dispara. ¡Bang! Ni siquiera con el fogonazo se le ve la cara. Después acaba en el suelo. Se tira o lo tiran. Como parece que está asustado por hacerse daño, cae como lento, torpe, de lado, de una manera un tanto ridícula. Estrafalaria. Falsa.

En el suelo se retuerce. Se defiende un poco con un cuchillo que se nota que es de plástico.

Nada, no dura mucho. Se levanta. O lo levantan. Quiere huir. Y le pegan un tiro en la cara. Rapidico.

Ni siquiera tuvieron que ponerle mucha sangre de mentira de lo poco que se veía. Los indios que sobreviven se acaban llevando el oro. Y los protagonistas se quedan medio moribundos ahí en el cañón. Al final se recuperarán de sus heridas. Irán a por el oro y matarán a un montón de indios.

Da la sensación de que mi padre, muerto en el suelo, está deseando abrir los ojos para ver qué pasa a su alrededor. Cómo sigue la escena. Está claro: quiere mirar a cámara. Le cuesta contener la respiración para que parezca que está muerto. Me parece que el pecho se le mueve demasiado.

Dios mío, qué mal lo hacía. No entiendo cómo se les ocurrió volverlo a llamar.

* * *

Mi padre llevaba sin nada que hacer uno o dos años.

Había empezado a estudiar la carrera de abogado en Graná. Se la medio pagó mi abuelo, que era un burgués de familia de maestros del Opus Dei con el que nunca se llevó bien. Lo desheredó y dejaron de hablarse. Mi padre nunca iba a clase y abandonó la facultad pronto. Él lo que quería hacer era tocar la guitarra. Que fue como conquistó a mi madre. El pobretico.

No se hizo nunca famoso ni nada. Y lo de la guitarra le duró poco: se tuvo que buscar un trabajo de mierda cuando nací yo. En un banco de un pueblo del que salió escopetao en cuantico pudo. Cogió otro trabajo de mierda cuando nació mi hermano. Y luego con el tercer niño irse del trabajo ese de mierda a otro en el que ganara más y que al final fue uno en el que ganó mucho menos.

Tuvo un bar que no fue bien, vendió libros que no leyó nadie, se hizo deshollinador en un año en el que hizo mucho calor y al final se aficionó al whisky barato. Siempre lo recuerdo vistiendo camisas vaqueras.

Aquellas tardes que no tenía nada que hacer se echaba su vaso de whisky barato, agarraba el paquete de Ducados y cogía la guitarra. Y se pasaba las horas tocando canciones en inglés de los primeros grupos hippies. A veces usaba un arpa de boca de esas que se escuchan en las películas del oeste. Otras veces tocaba la armónica al mismo tiempo que tocaba la guitarra. Usando una cosa de metal que se ponía alrededor del cuello.

Había una canción que le gustaba mucho cantar.

Habla sobre un pobre desgraciao que acaba de soldado confederado y se lamenta de la muerte de su hermanico de dieciocho años en la guerra. La estrofa tenía una melodía lastimosa.

Like my father before me, I will work the land.

El estribillo es triste:

The night they drove old Dixie down,
And the bells ringing.
The night they drove old Dixie down,
And the people were singing.
They went, «La la la».

Estamos en el Jurelico: la película del oeste, la secuencia del tren.

A mi padre casi no se le ve.

La cámara cuenta lo que ve el protagonista rubiasco. Hace de los ojos del protagonista rubiasco. Está mirando a todos esos soldados desgraciaos. A todos esos sureños heridos sin nada. La mayoría van a morir más pronto que tarde. Avanza por el vagón, lenta. Aunque sin pararse en ninguno en concreto. En un pequeño barrido.

Mi padre levanta la mirada. Directa a cámara. A los ojos del protagonista. A los ojos del público.

Lleva una manta por encima de los hombros. Le han tiznado un poco la cara. Le han puesto un vendaje en la cabeza. Y goticas de sangre sueltas por la mejilla y los labios. Además del bigotón, asoma el principio de una barba canosa. Está despeinado, el pelo rizado, sucio. La mirada es triste, apagada. Parece buen actor de lo derrotado que está. Del desamparo que hay en la mirada esa que pone.

Antes de que te des cuenta, la cámara ya está en otro soldado, otro desgraciao más.

Repitieron la toma varias veces. Los del furgón, gitanos, tullidos y borrachos, olvidaban que esta vez sí tenían que mirar a cámara. Al contrario que la instrucción que les daban casi siempre en otras películas. ¡No miréis a cámara! Y aquí era al revés. ¡Tenéis que mirar a cámara! Muchos se hacían un lío. Miraban al director o al actor. ¡Corten! Y otra vez a repetir. Imagino que por él no tuvieron que repetir: siempre miraba a cámara.

Rodaban muchas películas por la zona.

Al principio venían algunos ingleses locos, americanos y muchos famosos a hacer cosas de época.

Luego empezaron los italianos. Aparecía por el bar de la Lola uno de Madrid que llevaba gafas de sol todo el rato. Pegaba cuatro gritos. ¡Quién quiere hacer de indio! ¡Busco cinco soldados! ¡A ver, tres que jueguen a las cartas!

Los que más trabajaban eran los que sabían montar a caballo, los que tenían cara de indio, los rubicos de ojos azules, los niños que parecían mexicanos y las muchachas morenas y guapas de las cuevas.

A veces salían viejas enlutás y señores elegantes. Estos siempre venían de Murcia o de Almería. O hasta de Valencia.

Pagaban todavía mejor a los que podían caerse del caballo sin hacerse daño. O haciéndose daño pero sin quejarse.

Contaban en la escuela que había un zagalico de Níjar muy guapo y muy echao palante que quería salir en las películas. No pensaba en otra cosa. Yo lo vi un par de veces en el Jurelico y era lo único de lo que hablaba. Estuvo dos semanas en las cuevas, probando con un caballo para cuando viniera el de las gafas de sol de Madrid. Una tarde se cayó montando. Se rompió el cuello y ya no salió en ninguna película ni en ningún lao. Su madre se volvió loca y se iba a los rodajes y a la puerta de los cines, enlutá y llorando como una descosía.

Le preguntábamos a mi padre por los artistas de la película. Eran un italiano rubiasco de ojos azules, un gordo con barba con cara de cantaor, un americano simpático que hacía de malo y una sevillana pechugona a la que otro sábado por la tarde vi en una película de hombres lobo. Luego se hizo famosa porque se mató en un accidente de coche en Marbella y porque decían que era una de las novias del rey.

A veces en lugar de un bocadillo, llevaban a todos los extras a comer a una venta. El americano simpático que hacía de malo era el favorito de mi padre. Al tío le encantaban los guisos: los gurullos con conejo, las gachas tortas, la olla de trigo. Devoraba bandejas de salmonetes como quien come pipas. Y siempre se tomaba su buen vasico de mistela con una pasta dulce después de comer. A veces mojaba la pasta en la mistela. Les traía a los niños que salían en la película caramelos y pistolas de juguete y sombreros y a veces unos pajaricos de latón de colores que compraba en Madrid. Hablaba con todo el mundo, con una mezcla de italiano y español raro. Lo aprendió cuando se casó con una actriz mexicana muy famosa y muy guapa y muy celosa. Siempre hablaba de esos años con guasa pero con pena. Mi padre dice que el pobre hombre echaba de menos los gritos y las peleas y los arañazos de la mexicana.

Mi padre nos contaba que el director también era italiano. Estaba bien gordico y eso que no paraba quieto: siempre estaba enfadao. Estaba siempre de mal humor menos con la pechugona, claro, con esa ninguna malafollá, dice mi padre riéndose. El español de las gafas de sol se quedaba tó callaíco mientras el italiano le gritaba y le gritaba. Mi padre sabía un poco de italiano y nos contaba lo que decía el gordo: ese caballo no corre, cuándo sale el sol, no ha salido la sangre, quiero ver la prueba con las armas, ¿aquí no se supone que no llovía nunca?

Con el roce, la pechugona y el italiano rubiasco se hicieron más que amigos y a veces había que ir a buscarlos a la furgoneta que tenían o al hotel que les habían puesto en Almería capital del que no salían pa ná. Eso decía el Gerardo, un amigo de mi padre que había trabajando en el rodaje. No sé si era un pacto entre ellos, pero el Gerardo también llevaba un bigotón. Y en una época una trenza. Parecía más indio él que mi padre. Aunque él no hizo de indio, ni de vaquero, ni de soldado ni de ná: se encargaba de llevar y traer a los artistas del aeropuerto al desierto o del desierto a Almería o a Granada o a Málaga. En un Mercedes verde aceituna que se había traído desde Alemania y que era lo que más quería y lo único que tenía en esta vida, decía mi padre que decía el Gerardo.

Cuando se jartó del Mercedes, porque de todo se jarta uno en esta vida, decía mi padre que decía el Gerardo, lo vendió y puso un discopub en Mojácar. Una madrugada ya de mañana, al salir tarde del trabajo se cruzó con un camión que traía pescado de Garrucha. El conductor se quedó dormido y se lo llevó por delante. Murió en el acto.

Me acuerdo.

Es casi de noche cuando mi padre vuelve de su último día del rodaje. Hoy nos han dado un pepito de ternera frío, nos dice. Luego he mangado uno de salchichón para después por si se alargaba la cosa. Me ha sobrado un poco. Está un poco seco pero es bueno, estas tripas las hacen ahí en Caniles. ¿Queréis un poquillo?

Ha sido complicado acabar la jornada. Primero que si calor dentro del vagón. Que además olía mal. Muchos de los del pueblo hacía días que no veían la ducha. Imaginad el pestazo. Luego por la noche frío. Y esperar. Y más frío. Los gitanicos de las cuevas se quejaban, los cojos y los paraos y los borrachos querían beber o salirse y el italiano le ha dicho al de las gafas de sol que mano dura con los soldaos.

Mi madre aparece por el salón.

¡Quítate el traje ese ya, que lo tienes que devolver mañana! Mi padre aún va vestido con la ropa del rodaje. Mi madre está empeñada en lavarlo y devolverlo como si fuera nuevecico. Mi padre le dice que no hace falta. Los italianos lo prefieren así. Se lo han dicho. Sucio y con manchas. Para otra película. Limpio no les sirve de nada. En la guerra los uniformes no están limpios, dice mi padre chinchando un poco a mi madre como él sabe chincharla y como a ella le gusta porque se ríe y luego se dan un beso.

Antes de cenar, mi padre se echa un poco de whisky. Ya casi no come.

La ducha no conseguirá llevarse toda la sangre falsa de la frente ni del labio.

La última vez que vi a mi padre fue en la cama del hospital. En pijama. Llevaba algunas vendas en el cuerpo. Estaba cansado. Apoyado en el hombro de mi madre. No podía hablar. El bigotón y la barba estaban amarillentos de tantos años de Ducados. Estaba ya muy delgadico.

Lo miré un rato. Seguro que le apetecía hacer algún chiste o algo. No tenía fuerzas. Allí me di cuenta de lo que era. De lo que siempre había sido.

Un soldado del ejército confederado que había perdido la guerra.

They went, «La la la».

Índice

∽